金閣寺

YUKIO
MISHIMA

三島由紀夫

劉子倩 譯

第一章

從小，父親就經常對我提起金閣。

我出生的地方，是舞鶴往東北的日本海伸出的冷清海岬。父親的故鄉不在那裡，在舞鶴東郊的志樂。他在眾人企盼下入了僧籍，成為偏僻海岬的佛寺住持，在當地娶妻，生下我這個孩子。

成生岬的佛寺附近沒有合適的中學。因此之後我離開雙親膝下，寄居父親故鄉的叔父家，從叔父家徒步往返東舞鶴中學上學。

父親的故鄉是陽光普照之地。但一年之中每逢十一月、十二月，即便看似萬里無雲的晴天，一天也會有四、五場陣雨。我易變的心情，或許就是在這種土地養成。

五月的傍晚，放學回來後，我從叔父家二樓的書房眺望對面的小山。滿眼新綠的山腰被夕陽照亮，彷彿於山野中央建了一座金屏風。看著那個，我不禁遙想金閣。

雖然透過照片和教科書經常見到現實中的金閣，但在我心目中，父親描述的金閣幻影更勝一籌。記憶中，父親從不曾說現實中的金閣金光閃閃，但據父親表示，世間沒有比金閣更美的東西，而我根據「金閣」這個字面及發音想像出來的金閣也非同凡響。

有時看到遠處的水田在陽光下閃爍，我就覺得那一定是看不到的金閣的投影。形成福井縣與這京都府界線的吉坂嶺，正好位於正東方。太陽就是從那山嶺升起。明明和現實中的京都反方向，我卻看到山間朝陽中，金閣向著清晨的天空聳立。

如此這般，金閣在各種地方出現，卻無法在現實生活中看見，這點與此地的大海很像。舞鶴灣位於志樂村一里半之處，山巒阻隔看不見海。但這片土地總是瀰漫海的預感。風中有時也帶有海的氣息，海上波濤洶湧時，就會有許多海鷗逃來飛落田間。

我生來體弱，無論賽跑或吊單槓都輸給別人，且天生口吃，令我越發內向自閉。再加上大家都知道我是佛寺的孩子。頑童們模仿口吃和尚誦經來取笑我。說書人講的故事中，有個角色是口吃的捕快，他們每到這種段落就會故意出聲起鬨，念給我聽。

無庸贅言，口吃在我與外界之間設下一道障礙。我無法順利發出第一個音。那第一個音，就像是我的內在與外界之間的門鑰匙，鑰匙卻無法順利開門。一般人藉著自由操縱語言，內在與外界之間的門始終敞開，可以讓空間通風良好，我卻做不到。因為鑰匙生鏽了。

我的口吃，在急著想發出第一個音之際，也像是拼命掙扎試圖逃離內在的黏鳥膠的小鳥。好不容易掙脫時，已經太遲。外界的現實，在我掙扎之際，有時似乎的確停下手好整以暇地等我。然而等著我的現實已非新鮮的現實。即使我費盡力氣終於抵達外界，外界也總在瞬間變色、錯位……而且只有那個看似適合我的、已失去鮮度半帶腐臭的現實橫亙眼前。

不難想像，這樣的少年對於權力會抱持兩種相反的心態。我喜歡歷史上對暴君的記述。我若是口吃又沉默的暴君，臣子們想必都得看著我的臉色整天提心吊膽過日子。我根本沒必要用明確流暢的話語將我的殘暴正當化。我的無言，就已將一切殘暴正當化。我平時就是如此幻想著把蔑視我的教師和同學通通處刑，同時也幻想自己成為內在世界的國王，成為沉靜洞察真理的大藝術家。我的外表雖貧窮，但我的內在世界比任何人都富足。懷抱某種自卑感難以釋懷的少年，如此暗自認定自己是天選之人，豈非理所當然？我總覺得這世間某處，正有自己還不知道的使命在等著我。

……我想起這麼一則插曲。

東舞鶴中學有廣闊的操場，被起伏徐緩的群山環繞，是新式的明亮校舍。

五月的某一天，中學畢業後現就讀舞鶴海軍機關學校的某個學生，利用假期回母校玩。

他曬得很黑，壓低的制服帽簷下露出俊挺的鼻樑，從頭到腳儼然是少年英雄。面對我們這些學弟，他大談軍校紀律嚴格的痛苦生活。而且那本該是悲慘的生活，他的語氣卻彷彿在談論極盡奢侈的豪華生活。舉手投足之間洋溢驕傲，年紀輕輕就已了解自己的謙虛有多少分量。他那綴有蛇腹形裝飾線的制服胸口，就像海上乘風破浪的船頭雕像般昂然挺起。

他在走下操場的兩三層大谷石台階坐下。周遭有四、五個聽得入神的學弟，五月的各色花卉，包括鬱金香、甜豌豆、歐洲銀蓮花、雛罌粟等盛開在斜坡的花圃。而頭頂上，有日本厚朴綻放大朵白花。

敘述者和聽眾們都如某種紀念雕像文風不動。而我隔著二米距離，獨自坐在操場的長椅。這就是我的禮儀。是我對五月繁花、洋溢驕傲的制服、開朗笑聲的禮儀。

話說這位少年英雄，比起他的崇拜者們，似乎更在意我。只有我看似沒有拜倒在他的威風下，這傷害了他的驕傲。他向眾人詢問我的名字。然後呼喚初次見面的我：

「喂，溝口。」

我保持沉默，認真地凝視他。他投向我的笑臉，帶有類似當權者的阿諛。

「你不會回話嗎？你是啞巴嗎？」

「他、他、他、他口吃。」

他的崇拜者之一替我回答，大家都扭著身子笑了。嘲笑是多麼炫目的東西啊。於我，同齡少年那少年期特有的殘酷笑容，看似璀璨的葉叢閃閃發亮。

「搞了半天是口吃啊。那你要不要來我們海機學校？甚麼口吃的毛病，包你一天就矯正過來。」

我不知怎地，當下突然做出明確的答覆。無關個人意志，話語就這麼在瞬間流暢迸出。

「不要。我要當和尚。」

眾人鴉雀無聲。少年英雄低下頭，摘下身旁的草莖叼在嘴裡。

「是喔，那麼過幾年後，我也要麻煩你了。」

那年太平洋戰爭已爆發。

……當時的我，的確萌生某種自覺。我在黑暗世界張開雙手等待。總有一天，五月繁花、制服、惡意的同學們，都會投入我張開的雙手之中。我自覺已把整個世界拖到底層牢牢抓住。……但這種自覺，要成為少年的驕傲未免過於沉重。

驕傲必須是更輕盈、更明快、清晰可見、燦然生光。我渴望肉眼可見之物。我渴望任誰都看得見，可以成為我的驕傲的那種東西。比方說，他腰上掛的短劍就是。

令所有中學生憧憬的短劍，著實是美麗的裝飾。海兵的學生據說都拿它偷偷削鉛筆，但故意拿如此莊嚴的象徵做為日常瑣碎用途是多麼瀟脫帥氣啊！

湊巧他把機關學校的制服脫下，隨手掛在粉刷白漆的欄杆上。還有他的長褲，雪白的內衣也是……那些東西在簇簇花朵旁散發年輕人的汗水味。蜜蜂誤以為是一朵花，停在這潔白發亮的內衣上。綴有金線裝飾的制服帽，就像之前在他頭上一樣，壓得很低地端正掛在某根欄杆上。他受到學弟們挑戰，此刻去後面的土俵玩相撲了。

那些隨手脫下的衣物，給人榮譽之墓的印象。五月數量驚人的繁花，加深了這種印象。尤其是帽簷漆黑反光的制服帽，掛在一旁的皮帶和短劍，徹底與他的肉體分離，反而散發抒情式美感，那本身幾乎等同回憶……換言之，看起來就像少年英雄的遺物。

我確認四下無人。相撲場那邊響起叫喊聲。我從口袋取出生鏽的削鉛筆小刀躡足走近，在那美麗短劍的黑色劍鞘背面，劃下兩三條難看的刀痕。……

……以上的記述，或許令人立刻斷定我是個有詩人氣質的少年。但到今天為止，別說是詩了，我連手記都沒寫過。我本就欠缺用其他能力來彌補不如他人的能力，企圖藉此超越他人的那種衝動。換言之，我太過傲慢以致無法成為藝術家。成為暴君和大藝術家的夢想始終只是夢想，我完全無意實際動手去達成甚麼。

不被人理解成了我唯一的驕傲，因此我沒有萌生那種想讓人理解的表現慾。我認為自己宿命性地未被賦予肉眼可見的特質。唯有孤獨逐漸臃腫肥大，猶如一隻豬。

我突然想起我們村子發生的悲劇事件。雖然我和這起事件實際上毫無關係，但我還是無法抹滅自己關聯、參與過的確切感受。

透過那起事件，我一舉直面所有事物。包括人生、官能、背叛、恨與愛，一切的一切。而且我的記憶主動否定、無視了其中潛藏的崇高要素。

和叔父家隔了兩戶的人家，有個美麗的女孩。名叫有為子。大眼睛清澈動人。或許因為家裡有錢，她的態度蠻橫驕縱。雖然備受寵愛，卻經常獨來獨往，讓人摸不透她在想甚麼。有為子八成還是處女，好妒的女人卻議論她那種面相肯定是石女[1]。

有為子剛從女校畢業，在舞鶴海軍醫院擔任特別志願護士。她家距離醫院不遠可以騎腳踏車通勤。但她在早上天色剛發白時就得出門上班，比我們的上

1 石女，沒有生育能力的女人。

學時間還早了兩小時。

某晚，我想到有為子的身體，不禁沉溺陰鬱的幻想，因此輾轉難眠，天還沒亮就鑽出被窩穿上運動鞋，來到夏季黎明前的黑暗戶外。

那晚並非我第一次幻想有為子的身體。就像本來只是不經意的念頭一閃，逐漸凝固為大塊思念，有為子的身體也逐漸凝結成雪白、有彈性、隱約浸潤在暗影中散發香氣的一坨肉。我想像自己碰觸那個時手指的熾熱。也想像肉體被我手指碰觸之後反彈的彈力，以及花粉似的氣息。

我沿著破曉前的街道筆直奔跑。石子也未能絆倒我的腳，黑暗在我面前自在地開道。

這時道路豁然開朗，我來到志樂村安岡部落的外圍。那裡有一株高大的櫸樹。樹幹被朝露打濕。我躲在樹後，等待有為子的腳踏車從部落那頭駛來。

我乾等著無事可做。剛才跑得氣喘如牛，但等我在櫸樹的樹蔭緩過氣來，竟不知自己接下來要做甚麼。然我素來和外界無甚瓜葛，因此一旦闖進外界，便有種一切都變得容易、一切皆有可能的幻想。

黑斑蚊叮咬我的腿。四處響起雞鳴。我眺望道路。遠處隱約出現一團白濛。我以為那是破曉曙光，結果原來是有為子。

有為子似乎騎著車。亮著車頭燈。腳踏車無聲滑行而來。我從櫸樹後面跑到腳踏車前。腳踏車在千鈞一髮之際緊急煞車。

那一刻，我感到自己已化為石頭。意志和慾望全都石化。外界與我內在無關，再次於我周遭明確存在。溜出叔父家，穿上白色運動鞋，沿著破曉前的道路跑來這櫸樹後面的我，只不過是一路奔馳於自己的內在世界。黎明前隱約浮現輪廓的各家屋頂，黑色樹林，青葉山的黑色山頂，乃至眼前的有為子，都可怕地完全缺乏意義。不等我的參與，現實已呈現在那裡，而且這無意義的巨大漆黑現實，以我前所未見的重量加諸於我，逼近我。

我一如既往地認定，言語想必是此刻唯一的救贖。這是我特有的誤解。必須行動時，我總是被言語分心。這都是因為我有口難言，為此耿耿於懷，因而忘記行動。在我想來，行動這種光彩輝煌的東西，似乎總是伴隨著光彩輝煌的言語。

我甚麼都看不見。但在我想來，有為子八成起初很害怕，發現是我後，就一直盯著我的嘴。她想必正直勾勾地看著在破曉中無意義蠕動的無趣小黑洞，看著那猶如野外小動物巢穴般骯髒醜陋的小洞穴——也就是我的嘴。接著，當她確認那裡沒有任何連結外界的力量後就安心了。

「搞甚麼啊。裝神弄鬼的。你這個小結巴！」有為子說。

她的聲音帶有晨風的端正與颯爽。她按響車鈴，重新踩上踏板。像要閃避路上石子般躲開我迂迴前進。路上明明不見人影，我卻聽見一路遠去直至田地盡頭的有為子頻頻按響車鈴嘲笑我。

——那晚，有為子告狀後，她母親來到我叔父家。我被平日溫和的叔父痛罵一頓。我詛咒有為子，恨不得她死掉，幾個月後，我的詛咒成真。從此我開始確信詛咒他人真的有效。

無論睡時或醒時，我都恨不得有為子死掉。我希望見證我恥辱的人就此消失。只要證人消失，我的恥辱想必就可從世間根絕。他人全是證人。可是如果沒有他人，也不會有所謂的恥辱產生。有為子的幻影在破曉前的黑暗中目光晶亮如水地盯著我的嘴巴，我看見在她目光背後的他人世界——換言之，那是絕對不會讓我們落單，主動成為我們的共犯、證人的他人世界。他人全部必須滅亡。為了讓我能夠真正地面對太陽，世界必須滅亡。……

那次告狀事件的兩個月後，有為子就辭去海軍醫院的工作，在家閉門不出。村民對此議論紛紛。到了秋末，就發生那起事件。

……我們做夢也沒想到，海軍的逃兵居然會躲進這個村子。中午有憲兵來到村公所。但憲兵的出現並不稀奇，所以我們也沒當回事。

那是十月底某個晴朗的日子。我一如往常去上學，晚上做完功課，到了該就寢的時間。我正要關燈時，忽見眼下的村路有大批人馬如成群野狗氣喘吁吁地跑來。我連忙下樓。只見玄關門口站著一個同學。他瞪大雙眼對起床的叔父叔母和我高喊：

「有為子剛剛在那邊被憲兵抓走了！一起過去看看吧！」

我套上木屐拔腳就跑。那晚月色明亮，收割過的田地四處有稻架落下鮮明的影子。

就在樹林的陰影中，黑幢幢的人影晃動。穿著深色洋裝的有為子坐在地上。她的臉孔異樣慘白。在她周遭，是四、五個憲兵和她的父母。其中一名憲兵遞出便當袋似的東西正在大吼。她的父親不停朝四周扭頭，時而對憲兵道歉，時而責罵女兒。她的母親蹲在地上哀哀哭泣。

我們隔著一塊田地站在田埂旁觀。看熱鬧的人越來越多，彼此沉默地碰觸肩膀。月亮渺小如遭壓縮，高掛在我們頭上。

同學對我附耳說明。

拿著便當袋溜出家門打算去隔壁部落的有為子，被埋伏的憲兵當場逮住。那個便當顯然是要送去給逃兵。逃兵與有為子在海軍醫院熟識，因此珠胎暗結的有為子遭到醫院開除。憲兵質問逃兵躲在何處，但有為子坐在地上一步也不肯動，頑強地保持沉默……

至於我，只是眼也不眨地盯著有為子的臉。她看似被捕的瘋女。月光下，那張臉文風不動。

到目前為止我從未見過那樣充滿抗拒的臉孔。我以為自己的臉是被世界拒絕的臉。但有為子的臉拒絕了世界。月光無情地流淌在她的額頭眼睛鼻樑和臉頰，不動的臉孔只是任由月光洗滌。只要稍微動動眼或動動嘴，她試圖抗拒的世界，想必就會在那瞬間雪崩瓦解吧。

我屏息看著那張臉孔。那是歷史就此中斷，無論對未來或過去都沒有任何話要訴說的臉孔。那種不可思議的臉孔，我們有時會在剛砍倒的樹頭切面上看見。那是新鮮、猶帶清新色澤，卻就此斷絕成長，沐浴著本來不該沐浴的清風和日光，橫斷面驟然被暴露在本不屬於自己的世界，描繪著美麗木紋的奇妙臉孔。是純粹只為拒絕而暴露在我們這個世界的臉孔。……

我不由感到，無論在有為子的人生，或我這個旁觀者的人生中，有為子的臉孔都不會再有如此美麗的瞬間。但那並沒有如我以為地持續太久。這張美麗的臉孔，突然出現變化。

有為子站起來了。那一刻我彷彿看見她笑了。我彷彿看見月光中她的雪白門牙冷光一閃。除此之外，我無法記述更多她的變化。因為站起來的有為子，臉孔躲開明亮的月光，藏進樹林的陰影中。

很遺憾我未能看見有為子決心背叛時的變化。如果能清晰看見，或許我也會萌生對人寬恕之心，寬恕一切醜惡之心。

有為子指向隔壁部落的鹿原山北。

「是金剛院！」

憲兵高喊。

後來，我也萌生小孩愛湊熱鬧的那種歡喜。憲兵分頭從四面包圍金剛院。並且要求村民協助。基於幸災樂禍的好奇，我和其他五、六名少年加入由有為子領頭帶路的第一小隊。有為子在憲兵的陪同下率先走過月光下的道路，她那充滿確信的步伐令我驚訝。

金剛院很有名。它位於從安岡徒步約十五分鐘的山北，有高丘親王[2]親手種植的榧樹，以及傳說是左甚五郎[3]作的優雅三重塔，是座名剎。夏天我經常去那後山的瀑布戲水。

河畔有本堂的圍牆。破損的土牆上芒草叢生，白色的芒草穗在夜色中也好似銀光閃爍。本堂門旁有山茶花綻放。我們一行人默默走過河畔。

金剛院的正殿位於更高處。過了獨木橋後，右為三重塔，左有楓林，更後方是一百零五階苔痕青蒼的石階聳立。那是石灰石做的，很容易滑倒。

過獨木橋前，憲兵轉身比手勢命一行人止步。以前這裡據說有運慶湛慶[4]製作的仁王門。從這裡再過去的九十九谷群山皆屬金剛院所有。

……我們屏息以待。

憲兵催促有為子。她獨自走過獨木橋，過了一會我們也跟上。石階下方被暗影籠罩。但是中段以上浸淫在月光中。我們藏身在石階下方的各處暗影。剛染色的紅葉，在月光下看似泛黑。

---

2 高丘親王（799-865）為平城上皇第三皇子。後遁入空門。

3 左甚五郎是桃山時代至江戶初期的知名木匠。

4 運慶（?-1223）為鎌倉時代初期的佛像雕刻家，號稱鎌倉佛師之祖。湛慶（1173-1256）為運慶之子。父子倆都參與了東大寺、興福寺等名寺的佛像製作。

石階上方是金剛院的正殿，從那裡向左斜架出廊橋，通往神樂殿[5]似的空佛殿。佛殿懸空而建，仿造清水的舞台[6]，由無數交錯組合的柱子和橫梁從崖下支撐。佛殿和廊橋乃至支撐的木架都飽經風雨洗禮，清淨潔白，宛如白骨。每逢楓紅時節，紅葉的色彩和這白骨似的建築便呈現美麗的和諧，但是入夜後，斑駁沐浴月光的白色木架，看起來既詭異又妖豔。

逃兵似乎就躲在舞台上的佛殿中。憲兵打算用有為子當誘餌逮捕他。

我們這些證人躲在陰影中大氣也不敢出。雖被十月下旬夜間的冷空氣籠罩，我的臉頰卻發燙。

有為子獨自走上一百零五階的石灰石階。如瘋子般驕傲張揚。……黑色洋裝和黑髮之間，唯有美麗的側臉雪白。

月亮與星辰，夜晚的浮雲，筆直如矛的杉樹形成稜線與天空相接的山脈，斑駁的月影，清冷浮現的建築……在這些東西之中，唯獨有為子那種背叛的澄明之美令我陶醉。她絕對有資格孤身挺起胸膛傲然走上這雪白的石階。她的背叛，一如星辰月亮及筆直如矛的杉樹。換言之，她的背叛和我們這些證人一起住在這世界，接納這自然萬物。她是代表我們走上石階。

我喘著氣，不禁暗想。

「藉由背叛，她終於也接納我了。她現在終於為我所有。」

……所謂的事件，往往從我們的記憶中於某個地點墜落。走上苔痕青青的一百零五級石階的有為子仍在眼前。她似乎永遠在拾級而上。

但接下來她會變成別人。想必當有為子走到石階頂上後，就再次背叛了我，背叛了我們。之後的她，不會全盤抗拒世界。也不會全盤接受。她只是委身於愛慾的秩序，淪為某一個男人的女人。

所以，我只能把那一幕當作古老石版印刷似的情景來回想。

……有為子走過廊橋，朝佛殿的暗處呼喚。一個男人的身影出現。有為子

5 神樂殿，神社內演奏神樂的殿舍。

6 清水的舞台，京都清水寺的本堂木造建築，因懸空建造未使用任何釘子而聞名。

說了甚麼。男人轉身朝石階半道舉起手槍射擊。憲兵也從石階半道的樹叢中舉槍回擊。男人再次舉起手槍，朝著想逃往廊橋的有為子背部連開數槍。有為子倒下。男人把槍口對準自己的太陽穴發射。……

——以憲兵為首，眾人爭相衝上石階，趕往二人的屍身，我卻始終躲在紅葉的陰影中動也不動。白色木架縱橫交錯，聳立在我頭頂上方。踩過木板廊橋的腳步聲，化為極輕盈的聲音從上方飄落。兩三支手電筒燈光的亂射，也越過欄杆直達紅葉枝頭。

一切於我都只是遙遠的事件。遲鈍的人們，不看到流血就不會驚慌。然而，等到流血時，往往已是悲劇終了後。不知不覺我打起瞌睡。醒來時，被眾人遺忘的我，周遭有小鳥啁啾，朝陽已深深射入紅葉下方的枝椏。白骨建築從地板下方被陽光照亮，似乎起死回生。它安靜地，驕傲地，將那座空佛殿懸空伸向秋葉染紅的山谷間。

我起身打個哆嗦，摩挲渾身上下。體內只剩寒意。剩下的唯有寒意。

❖

次年春假，父親在國民服[7]外罩著袈裟來到叔父家。他說要帶我去京都兩三天。當時父親的肺病已嚴重惡化，他的衰弱令我驚訝。不只是我，叔父夫妻也阻止他去京都，但父親充耳不聞。事後回想，父親是想趁著自己還活著，把我引薦給金閣寺的住持。

造訪金閣寺當然是我多年的夢想，但我不大想和雖然表現得開朗其實任誰都看得出已是重病患者的父親去旅行。隨著與尚未見過的金閣接近的時刻逐漸逼近，我竟然心生躊躇。不管怎樣金閣都必須是美麗的。比起金閣本身的美，我把一切都賭在我想像金閣之美的心靈能力上。

若單就少年人的頭腦能夠理解的程度而論，我也算熟知金閣了。坊間一般美術書籍是這麼描述金閣歷史的：

7 國民服，昭和十年代後半，日本政府規定國民應穿的常服，類似戰時的軍服。

「足利義滿繼承西園寺家的北山殿，在此建造大規模別莊。主要建築包括舍利殿、護摩堂、懺法堂、法水院等佛教建築，以及宸殿、公卿間、會所、天鏡閣、拱北樓、泉殿、看雪亭等住宅相關建築。建造舍利殿時尤其傾注心力，此即為日後稱作金閣之建築。是何時開始稱作金閣已難明確界定，但應是在應仁之亂[8]以後，到了文明[9]時期已成為相當普遍的名稱。

金閣寺是可以眺望遼闊苑池（鏡湖池）的三層樓閣建築，據信是一三九八年（應永五年）落成。一、兩層採寢殿風格[10]，使用格子板窗，第三層是單邊六公尺、方正格局的純正禪堂佛堂風格，中央有棧唐戶[11]，左右是花頭窗[12]。屋頂以檜木皮鋪頂，寶形風格[13]，並綴有金銅鳳凰。此外，池畔有人字形屋頂的釣殿[14]（漱清）伸出，打破整體的單調。屋頂的坡度徐緩，簷下有稀疏垂木，木造建築的比例精密，造型輕盈優美，住宅式建築搭配佛堂風格極為和諧，乃庭園建築佳作，也呈現義滿融入皇朝文化的個人喜好，充分顯現當時的氛圍。

義滿死後，北山殿依其遺命改為禪寺，號鹿苑寺。建築本身也遷移他處或就此荒廢，唯有金閣幸運保留。……」

如同夜空的皓月，金閣是作為黑暗時代的象徵而建造。因此我夢想的金閣，需要有周遭密布的黑暗為背景。黑暗中，美麗的纖細木柱構造自內部散發微光，安靜地端坐如凝。無論人們對這座建築如何訴說，美麗的金閣始終無言，它只能露出纖細構造，承受周遭的黑暗。

而我，又想到在那屋頂的尖端，長年任由風吹雨打的金銅鳳凰。這神祕的金鳥，不報曉，亦不拍翅，想必早已忘記自己是一隻鳥。但說它不會飛就錯

---

8 應仁之亂，應仁元年至十年（1467-1477），因足利將軍家的繼承問題，各地諸侯大名以京都為中心發生的戰亂，導致京都荒廢，進入群雄割據的戰國時代。

9 文明（1469-1487），後土御門天皇時的年號。

10 寢殿風格，平安、鎌倉時代的貴族住宅樣式。

11 棧唐戶，以木框組合，中間鑲嵌薄板的門扉。與禪宗建築一同自唐傳來。

12 花頭窗，上窄下寬，上框呈火焰形或花形的窗戶，用於唐式建築。

13 寶形風格，頂端綴有珠寶形金屬的屋頂。

14 釣殿，臨水而建的殿舍。據說是為了垂釣而設。

了。別的鳥翱翔空間，這隻金鳳凰則是展開閃亮的雙翼，永遠飛翔在時間之中。時間拍動它的雙翼。拍動雙翼，流向後方。由於始終在飛翔，鳳凰只要保持不動的姿勢，怒張雙眼，高舉雙翼，翹起尾羽，牢牢地站穩威嚴的金色雙腳就行了。

這麼一想，我覺得金閣本身也像是一艘橫渡時間之海而來的美麗船隻。美術書籍形容它是「少牆壁的通風建築」，令人聯想到船舶的構造，這複雜的三層畫舫緊靠的池塘，則令人聯想到海的象徵。金閣橫渡無數夜晚而來。那是不知幾時才有盡頭的航行。而且白天時，這艘不可思議的船就會若無其事地下錨，任由大批人群來參觀，入夜後利用周遭的黑暗得勢，就把屋頂如船帆般揚起出航。

若說我人生第一次碰到的難題就是美也絕不為過。父親是鄉下的樸實僧人，語彙也貧乏，只告訴我「金閣是世間最美的」。對於在自己未知的情況下已有美這種東西存在，我不由感到不滿與焦躁。如果美的確存在於那裡，那我這個存在，就是被排除於美之外。

然金閣於我而言絕非一個概念。群山雖阻隔我眺望它，但如果真想看還是可以過去看。美，就是這樣可以伸指觸碰，亦可清晰目睹之物。我知道，也相信，即便在種種變貌之間，仍有不變的金閣存在。

金閣有時似乎是可以收入我掌心的小巧精緻工藝品，有時又像是聳立天際的巨大怪物級寺院建築。少年的我，沒有「美，就是不大不小恰到好處」這種想法。看到嬌小的夏季花卉似乎被朝露沾濕、散發朦朧微光時，我覺得它像金閣一樣美。看到雲霧籠罩山頭，唯有隱含雷電的晦暗邊緣閃爍金光時，如此壯觀景象也令我聯想到金閣。到最後，甚至看到美人的臉，我都會在心中形容「像金閣一樣美」。

那次旅行是憂鬱的。舞鶴線以西舞鶴為起點，沿途停靠真倉、上杉等小站，經綾部開往京都，車廂很髒，行經保津峽沿線多隧道之處，煤煙毫不客氣地吹進車內，嗆人的濃煙令父親咳得很厲害。

乘客多半與海軍有點關係。三等車廂內擠滿下士官、水兵、工人、去海兵團[15]懇親面會回來的家屬們。

我看著窗外沉鬱的春日陰霾天空。看著父親的國民服胸前披掛的袈裟，看著臉色紅潤的年輕下士官們幾乎將金鈕扣彈飛的健壯胸脯。我覺得自己似乎介於這兩者之間。等我年滿二十歲，也會被徵召入伍。然而，我就算成為士兵，也不知能否像眼前的下士官一樣忠實扮演自己的角色。不管怎樣，我跨足於兩個世界。我明明還如此年輕，醜陋頑固的額頭下卻已感到父親執掌的死之世界，與年輕人的生之世界，以戰爭為媒介逐漸相連。我大概會成為那連結點吧。我如果戰死，大概會發現眼前這岔路無論走哪一邊，結局顯然都一樣。

我的少年期在混濁中摻雜微明。漆黑的暗影世界雖可怕，但白晝般清晰的生命亦非我所有。

我一邊照顧咳得厲害的父親，一邊不時看著窗外的保津川。它呈現化學實驗使用的硫酸銅那種執拗的群青色。每次鑽出隧道，便會發現保津峽時而遠離鐵軌，時而意外逼近眼前，時而被光滑的岩石環繞，轟然旋轉那群青色的轆轤。

父親有點不好意思在車上打開白米飯糰便當。

「這可不是黑市米喔。是施主奉獻的心意，開心領受又何妨。」

父親用周遭聽得見的音量說著吃起便當，但他連那不大的飯糰要吃完一個都已很勉強。

我覺得這輛沾滿煤煙的老舊列車不像要開往京都，倒像在朝死亡車站前進。這麼一想，每次經過隧道時車內瀰漫的煤煙，竟有種火葬場的氣味。

……不過，站在鹿苑寺總山門前時，我還是很興奮。接下來就能看見舉世最美的東西了。

太陽已西斜，群山籠罩霧靄。幾名觀光客和我們父子先後走過那山門。山門左方，是環繞鐘樓點綴殘花的梅樹林。

父親站在前有巨大櫟樹的本堂玄關請求會見住持。來人說住持有客人，要

15 海兵團，統轄海軍下士官和士兵，執掌新兵教育訓練，負責軍港警備工作的單位。

我們等候二、三十分鐘。

「那我們先去看看金閣。」

父親說。

父親八成想利用人脈，讓我這個兒子見識他如何免費入門參觀。然而賣票和賣符，以及在入口處驗票的人，都已不是十幾年前父親常來時的熟面孔。

「下次來時，八成又換人了。」

父親露出蕭瑟神情說。但我感到，父親已經不確信還有「下次來時」。然我故意像個少年（我唯有在這種時候，唯有故意表演的場合，才像個少年），快活地打頭陣，幾乎是一路奔跑過去。於是我夢想多時的金閣，就這麼突如其來地在我面前呈現全貌。

我站在鏡湖池的這頭，金閣隔著水池在夕陽下暴露正面。漱清在左後方半隱半現。稀疏浮現水草葉片的池面，有金閣的精緻倒影，那個倒影，看起來比實物更完整。夕陽令池水反射波光，盪漾在各層的屋簷內側。和周遭的明亮相比，這屋簷內側的反光太耀眼太鮮明，猶如誇大了遠近法的繪畫，導致金閣給人一種耀武揚威，有點傲慢之感。

「怎樣，很美吧？一樓叫作法水院，二樓是潮音洞，三樓是究竟頂。」

父親病後單薄枯瘦的手放在我肩上。

我試著變換各種角度或者歪頭打量。心中毫無感動。那只不過是老舊發黑的矮小三層建築。頂端的鳳凰看起來也只像烏鴉棲息。不僅不美，甚至有種不和諧的怪異感。我暗想，美這種東西，原來竟是這麼不美嗎？

如果我是個謙虛好學的少年，在這樣輕易失望之前，想必會先嘆息自己有眼無珠不懂欣賞。然我之前對美的期望太高，以至於遭到背叛的痛苦奪走了其他一切反省。

我懷疑金閣把它的美變成甚麼別的東西了。美為了保護自己，有可能故意迷惑人眼。我必須更接近金閣，撤除讓我的眼睛覺得醜陋的障礙，逐一檢查細節，親眼看到美的核心。我只相信眼睛看得見的美，因此這種態度是理所當然。

父親帶著我，恭敬地走上法水院的簷廊。我先看玻璃罩內精巧的金閣模型。我很喜歡這個模型。這毋寧更接近我夢想中的金閣。而且大金閣內藏著這一模一樣的小金閣，就好像大宇宙中存在小宇宙，讓人想到無限的對照呼應。此刻我終於得以夢想。夢想比這個模型更小且更完全的金閣，以及比真正的金閣還要無限大，幾乎包容整個世界的金閣。

但我的腳不可能永遠停駐在模型前。接著父親又帶我去看知名的國寶，義滿雕像。那座木像被人以義滿削髮為僧後的法名稱為鹿苑院殿道義之像。

在我看來那只是烏漆墨黑的奇妙人偶，毫無美感。我們繼續走上二樓的潮音洞，即使看到據說出自狩野正信[16]之筆的仙人奏樂藻井圖，即使看到頂樓的究竟頂各個角落殘餘的可悲金箔痕跡，我也無法感到絲毫美感。

我倚著纖細欄杆茫然俯瞰池面。池水被夕陽照耀，宛如生鏽古銅鏡似的鏡面，筆直落下金閣的倒影。水草和藻類浮現的遙遠下方，是倒映的向晚天空。那向晚天空，和我們頭上的天空不同。它澄明乾淨，洋溢寂光，從下方，從內側，完全吞沒這地上世界，而金閣，猶如布滿黑鏽的巨大純金船錨沉入其中。

住持田山道詮和尚，和父親是禪堂[17]的朋友。道詮和尚與父親都曾度過三年的禪堂生活，期間朝夕相處。二人在同樣是足利義滿將軍建立的相國寺專門道場，經過自古相傳的庭詰[18]和旦過詰[19]手續後獲准加入。不僅如此，後來道詮和尚心情好的時候曾提過，他與父親不僅是這樣共患難的朋友，也曾在就寢的時刻後一起偷偷翻牆出去嫖妓。

我們父子參觀金閣後，再次回到本堂玄關，沿著又長又寬的走廊，被帶去住持那個庭院有知名陸舟松[20]可眺望的大書院房間。

我穿著學生服，渾身僵硬地端正跪坐，可父親來到這裡後似乎頓時放鬆了。不過父親和這裡的住持雖然出身背景相同，福氣卻大不同。父親病體衰

16 狩野正信為室町後期畫家。從民間水墨畫家躋身為幕府御用畫師。
17 禪堂，亦稱僧堂，禪宗集體修行，進行坐禪的專門道場。
18 庭詰，去禪宗道場修行的行腳僧，必須在門口終日垂首於行李之上，方可加入僧堂。
19 旦過詰，結束庭詰後，修行僧尚須在小房間坐禪三天。
20 陸舟松，形狀如陸上之舟的大松樹。據説是義滿親手種植，是金閣寺的知名景點。

弱，一臉窮酸，膚色慘白，道詮和尚看起來卻像粉紅色的糕點。和尚的桌上，頗有這繁華寺院的風格，堆滿各界送來尚未拆封的包裹及雜誌、書籍、信函。和尚用胖嘟嘟的手指尖拿起剪刀，靈活地拆開一個包裹。

「這是東京寄來的點心。現在這種點心很少見。不會放在店裡賣，只提供給軍方和政府。」

我們喝著淡茶，吃了從未吃過的西洋乾點心。我越緊張，粉屑就越是沒完沒了落在我發亮的黑色嗶嘰褲的膝頭。

父親與住持很憤慨軍方及官員重神社而輕佛寺，不僅輕忽佛寺甚至壓迫，兩人議論著今後佛寺該如何經營下去。

住持身材略胖，當然已有皺紋，但就連每條皺紋內層都被洗滌乾淨。他有張圓臉，只有鼻子很長，形狀就像流下來的樹脂凝固。臉孔雖是這種風格，剃光的頭型卻有稜有角硬邦邦，彷彿渾身精力都集中於此，只有頭部非常動物性。

父親與住持的話題轉移到僧堂時代的回憶。我望著庭院中的陸舟松。巨松的枝椏低矮茂密，宛如船形，唯有船首的枝椏密集高起。在快要閉園時似乎來了一群團體觀光客，隔牆從金閣那邊傳來吵鬧聲。那腳步聲和人聲被春日暮空吸收，聲音聽來不顯尖銳，反而帶有柔和的圓潤。腳步聲旋即如潮水般遠去，令人想到芸芸眾生行經世間的足音。我定睛仰望金閣頂上凝聚向晚餘光的鳳凰。

「關於這孩子……」我聽到父親這麼說，連忙朝父親扭頭。幾乎已暗下來的室內，父親正把我的將來託付給道詮和尚。

「我已來日不多，屆時這孩子還要拜託你了。」

道詮和尚並沒有敷衍地安慰他來日方長。

「好。我答應你。」

我驚訝的是，之後兩人愉快的對話提及各大名僧的死亡逸聞。某名僧說著「唉，我不想死」就死了，某名僧死時和歌德一樣說出「給我更多光」，某名僧據說至死都在忙著計算自己寺院的錢。

我們被招待了一頓稱為藥石[21]的晚餐，當晚住在寺中，晚餐後我催促父親再次去看金閣。因為月亮出來了。

父親與住持久別重逢很是亢奮，也非常累，但聽到要去金閣，他還是氣喘吁吁扶著我的肩跟來了。

月亮從不動山外圍升起。金閣從背面承受月光，摺疊複雜的暗影靜默無語，唯有究竟頂的花頭窗窗框，潛入柔滑的月影。究竟頂是挑高中空，所以彷彿有朦朧月光住在其中。

葦原島的暗處有夜鳥啼叫飛起。我感到父親枯瘦的手放在我肩頭的重量。瞥向肩頭時，月光映照下，我看見父親的手化為白骨。

❖

令我如此失望的金閣，在我回到安岡後，又在我心中日復一日恢復了美，曾幾何時，變成比看到之前更美的金閣。我無法說明到底哪裡美。夢想孕育的東西，一旦經過現實的修正，似乎反而刺激夢想。

我已不再從眼前的風景及事物中追尋金閣的幻影。金閣漸漸變得深邃、堅固、實在。每一根柱子、花頭窗、屋頂、頂端的鳳凰，都清晰浮現眼前彷彿垂手可及。纖巧的細部與複雜的全貌互相呼應，就像我們可從想起音樂的一小節而浮現全貌，無論擷取哪一部分來看，金閣的全貌都在鳴響。

「您曾說金閣是世間最美的東西，果然是真的。」

我給父親的信上第一句就這麼寫。父親把我送回叔父家後，立刻又回到寂寥的海岬佛寺。

不久，我收到母親的電報。父親大量咳血而死。

21 禪宗以前不吃晚餐，懷抱熱石用以止飢驅寒。後來遂將消夜及晚餐稱為藥石。

第二章

父親的死，令我真正的少年時代結束，但自己的少年時代，完全欠缺對人的關心，令我不禁愕然。而這種驚愕，在得知自己一點也不難過父親過世後，就變成無法名之為驚愕的某種無力感。

當我趕回去時，父親已納入棺中。因為我是徒步到海灣，再從那裡搭船沿著海岸回成生，費了整整一天時間。當時正是梅雨季前，每天豔陽高照氣候炎熱。我瞻仰遺容後，棺木就匆匆運往荒涼的海角火葬場，在海邊火化。

鄉下寺院住持的死，非常異樣。是太過適切的異樣。父親等於是當地的精神領袖，是每位施主的生涯監護人，也受託處理他們的死後事宜。結果現在他自己死在寺中。那給人一種他太過盡忠職守死在崗位上的感動，就像四處教導死法的人，親自示範時不慎誤死，甚至給人堪稱過失之感。

實際上父親的棺木，彷彿被嵌入某種準備萬全的東西中，讓人感覺也太過適得其所了。母親和小和尚及施主們都在棺木前哭泣。小和尚結結巴巴的誦經，也有點仰賴棺中父親指示的味道。

父親的臉埋在初夏繁花之中。那些花依然鮮活得令人感到詭異。花朵似乎在窺探井底。因為死人的臉孔從生前臉上擁有的存在表面無限沉沒，只留下面對我們那一面的邊緣，已沉落到再也拽不起來的深處。死人的遺容，比任何東西更如實說明，物質這種東西是如何離我們分外遙遠，它存在的方式，是如何令我們遙不可及。而精神，藉由死亡如此變貌為物質，讓我第一次碰觸到這種局面，但是現在，我漸漸似乎能模糊理解，五月的繁花，太陽，桌子，校舍，鉛筆……這些物質為何如此疏離，離我遙不可及。

話說回來，母親和信徒們旁觀我與父親最後一次相見。然而我這頑固的心，無法接受這個字眼暗示的生者世界的類推。不是相見，我只是觀看父親的遺容。

屍體只是被觀看。我只是觀看。觀看，正如平日無意識的行為，觀看，是我們還能如此活著的權利證明，也可能是殘酷的表示。這對我是個鮮明的體驗。不會大聲高歌也不會叫喊著四處跑的少年，就這樣，學到了確認自己的活著。

我的個性有許多彆扭之處，但那一刻，我並不羞愧將毫無淚痕的開朗臉孔面對施主。寺院位於臨海的崖上，弔唁的賓客背後，是橫亙日本海的夏雲聳立。

開始誦經起棺了，我也加入誦經。本堂很暗。掛在柱子上的幡旗、內堂壁面橫板上的鏤刻裝飾、香爐及花瓶等等，都在燈火明滅不定的照映下發光。不時有海風吹入，掀起我的僧衣下擺。正在誦經的我，眼角不斷感到雕琢強烈光影的夏雲聳立的英姿。

那熾烈的陽光不斷照上我半邊臉孔。那是光輝的侮蔑。……

就在送葬隊伍只差一兩百米便可抵達火葬場時，我們突然碰上大雨。正巧就在某位和善的施主家門前，棺木和眾人得以躲雨。雨勢始終不見停歇。送葬隊伍不得不繼續前進。於是大家緊急弄來雨具，用油紙覆蓋棺木運往火葬場。

那是村子東南方突出的海岬根部遍布岩石的小海灘。在該處焚燒的濃煙不會飄向村中，因此似乎自古以來就被當作火葬場。

那片海岸的浪濤格外洶湧。即便在海浪晃動捲起將要破碎的過程中，那動蕩不安的水面也不斷被雨絲刺穿。晦暗無光的雨絲只是冷靜貫穿洶湧的海面。但海風驀然吹向讓雨絲更顯荒涼的岩壁。白色岩壁猶如被噴上墨汁般發黑。

我們穿過隧道抵達，工人們準備火化之際，我們在隧道中躲雨。

甚麼海景都看不到。只有海浪，濕淋淋的黑色岩石，以及雨水。被澆上油的棺木，呈現油亮的木紋色澤，任由雨絲敲打。

點火了。人們為住持的死準備了充足的配給油，因此火勢逆雨而上，發出鞭打似的聲音熊熊燃燒。白晝的火焰，在大量濃煙中以透明之姿清晰可見。濃煙累累堆積，一點一滴吹向山崖，某一瞬間，雨幕中唯有火焰以端麗之姿升起。

突然響起東西炸裂的可怕聲音。是棺蓋彈起。

我看著一旁的母親。母親雙手緊抓念珠而立。她的臉孔非常僵硬，似乎凝固壓縮得極小，小得足可納入掌中。

❖

我遵照父親遺言前往京都，就此成為金閣寺的徒弟。當時是住持為我剃度。學費是住持出的，但我要負責打掃，料理住持的日常生活瑣事。等於一般人家養的工讀生。

我一入寺就立刻發覺，囉嗦的舍監已被軍隊徵召，寺中只剩老人和年紀很小的人。來到這裡，各方面都讓我鬆了一口氣。不會像在俗家的中學那樣被同學嘲笑是寺廟的孩子，因為這裡全都是同類。……唯有我口吃且長得比大家略醜這點稍有不同。

我自東舞鶴中學退學，在田山道詮和尚的關說下轉入臨濟學院中學，秋季學期再過不到一個月就開學，屆時我就要去新學校上課了。但我知道開學後，遲早會被動員到哪家工廠義務勞動。如今在我面前，還剩下在新環境的幾周暑假。這是居喪期的暑假，是昭和十九年戰爭末期安靜得不可思議的暑假……寺中的徒弟生活規律，卻讓我想起那是我最後的、絕對的假期。連蟬聲也聽來分外清晰。

……睽違數月的金閣，在晚夏的光線中靜默。

我頂著剛剃度的青頭皮。空氣似乎緊貼腦袋，那種感覺，就像是自己腦中所想，藉著單薄敏感易傷的一層頭皮和外界事物相接，堪稱異樣危險的感覺。頂著這樣的腦袋仰望金閣，金閣不只從我的雙眼，似乎也從腦袋滲入。就好像腦袋被太陽曬得發熱，又因為晚風忽然發涼。

「金閣啊，我終於來到你身旁定居了。」我停下握掃帚的手，在心中呢喃。「不用現在立刻沒關係，遲早請你與我親近，對我吐露你的祕密。你的美，彷彿只差一點就能看清，卻還看不見。比起我心中的金閣，請讓現實的金閣看起來更清晰美麗。還有，如果你是世間最美的，請告訴我你為何那麼美，又為何非得是美的。」

那年夏天的金閣，以不斷傳來噩耗的戰爭劣勢為餌食，看似越發光輝燦爛。六月美軍登陸塞班島，聯軍馳騁諾曼地原野。來金閣參觀的人數也明顯減少，金閣似乎很享受這種孤獨與寂靜。

戰亂與不安、無數屍骸與大量鮮血豐富了金閣之美是理所當然。金閣本就是不安建造出來的建築，是以一位將軍為中心，由許多黑暗心靈的人設計出的建築。藝術史學家從那三層不同的設計只看到樣式的折衷，但那肯定是搜尋如何將不安化為結晶後，自然形成的樣式。如果當初是建造成某種安定的樣式，金閣肯定無法包容那不安早已崩壞。

……不過話說回來，我一再停下掃地仰望金閣，總覺得金閣的存在很不可思議。昔日曾與父親一起在此度過一夜時的金閣，反而不曾給我這種感受，想到今後將在此度過漫長歲月，金閣隨時都在我眼前，我竟有點難以置信。

在舞鶴時，我以為金閣恆常在京都一角，可是定居此地後，金閣只有在我觀看時才出現在我眼前，當我夜晚睡在本堂時，金閣好像根本不存在。因此，我一天要看金閣幾百回，遭到其他徒弟嘲笑。但是不管看多少次，我還是覺得金閣的存在很不可思議，等我看完準備回到本堂時，如果突然轉身想再看它一次，金閣似乎就會像希臘神話中的尤麗迪絲[22]，身影驟然消失。

話說我掃完金閣周遭後，為了躲避更增酷熱的朝陽，我去了後山，走上通往夕佳亭的小徑。這個時間尚未開園，因此不見任何人影。應屬舞鶴航空隊的一群戰鬥機編隊，從金閣上方低空飛過，留下震耳欲聾的噪音。

後山有個長滿水藻的寂靜池沼，叫做安民沼。池中有小島，豎立被稱為白蛇塚的五重石塔。那一帶每逢早上便有嘈雜鳥鳴，不見鳥影，只聞整片樹林啁啾。

22 尤麗迪絲（Eurydike），希臘神話中音樂使者奧菲斯之妻。她被蛇咬死後，癡情的奧菲斯不惜入地獄帶她回陽世，卻因中途破戒忍不住回頭看妻子，從此永遠失去妻子。

池前有茂密夏草。小徑用低矮的柵欄將那片草地圍起。那裡躺著一個白衣少年。低矮的楓樹幹上倚靠著竹耙子。

少年像要把周遭瀰漫的夏日清晨濕潤的空氣挖出來似地猛然起身，看到我後，他說，

「搞甚麼，原來是你啊。」

這個名叫鶴川的少年，昨夜我才剛經人介紹認識。鶴川家是東京近郊的富裕寺院，家裡供應了充分的學費、零用錢和糧食，只為讓他體驗徒弟生活，才透過住持的關係送來金閣寺暫住。暑假期間他回家了，但昨晚提早回來。說著一口標準東京腔的鶴川，從秋天開始應該會和我在臨濟學院中學成為同級生，他那快活如連珠炮的說話方式，昨晚就已把我嚇到。

現在也是，被他一說「原來是你啊」，我頓時啞然。但，我的沉默，似乎被他解讀為一種責難。

「用不著那麼認真打掃啦。反正觀光客來了又會弄髒，況且現在來參觀的人也不多。」

我笑了一下。我這種無意識中流露的無奈笑意，似乎會讓某些人感到親近。我無法那樣隨時隨地對自己給人的印象負責任。

我跨過柵欄，在鶴川身旁坐下。又重新躺下的鶴川，曲肘枕著頭部，手臂外側曬得黝黑，內側卻白皙得幾可看見靜脈。朝陽透過樹梢撒落的碎光，散落青草的淡青色影子。我憑直覺發現，這個少年八成不像我這樣愛金閣。因為我不知不覺把對金閣的偏執，全然歸咎於自己的醜陋。

「聽說你父親去世了。」

「嗯。」

鶴川的眼珠子快速轉動，不掩少年人熱中推理的態度，

「你這麼喜歡金閣，是因為看到它就會想起父親嗎？比方說你父親生前很喜歡金閣之類的。」

這猜中一半的推理，也完全沒有令我無動於衷的神情產生變化，讓我有點竊喜。鶴川似乎就像喜歡製作標本的少年常有的行為，喜歡把人的感情分門別類放在自己房間的乾淨小抽屜，不時取出實際檢視。

「你父親過世，肯定很難過吧。難怪你看起來鬱鬱寡歡。昨晚第一次見面時我就這麼想了。」

我毫無反感，被他這麼一說，從對方覺得我看起來很寂寞的感想，反而贏得某種安心與自由，於是脫口而出：

「沒甚麼好難過的。」

鶴川抬起濃密得嫌煩的長睫毛看著我。

「噢……那你恨你父親？至少，討厭過他？」

「我沒生氣，也不討厭他……」

「噢？那你為什麼不難過？」

「不為什麼。」

「我不懂。」

鶴川碰上難題，在草地上換個姿勢坐正。

「照你這麼說，應該還有其他更難過的事吧。」

「甚麼啊，聽不懂。」

我說。說完，我不禁反省自己為何喜歡讓人產生疑問。對我而言那完全不是疑問。是不證自明的事實。我的感情，也有口吃的毛病。我的感情總是來不及反應。結果，父親死亡的事件和難過的情緒各自孤立，彼此似乎井水不犯河水。時間稍有落差，稍微遲了一拍，總是把我的感情和事件拉回到無法同步、想必是本質性的各行其是的狀態。如果有難過，那大概也和任何事件或動機無關，只是突發地、無來由地襲向我吧。……

……我還是沒能把這一切向眼前的新朋友說明就不了了之。鶴川最後笑了出來。

「噢，真奇怪。」

他的白襯衫的腹部起伏。破碎的陽光在那裡跟著移動讓我很幸福。就像這傢伙襯衫的皺褶，我的人生也起伏不定。但這件襯衫是多麼白得發亮啊，還帶著皺褶。……或許我也是？

禪寺不問世俗，按照禪寺的規矩自行行動。時值夏天，所以每天早上最晚也得五點起床。起床叫做「開定」。起床後立刻是早課誦經。這叫做「三時回向」，要念三次。然後打掃屋內，擦地板。之後是早餐的「粥座」。

粥有十利
饒益行人
果報無邊
究竟常樂

念完這段粥座的經，就開始喝粥。飯後進行拔草，打掃庭院，劈柴等等勞務。等開學後，之後就是上學時間。放學回來後，接著是藥石（晚餐）。之後偶爾住持會為我們講解經典。九點開枕，也就是就寢。

我的日課如前所述，每天是被輪到掌廚的典座[23]四處敲響的鈴聲叫醒。

金閣寺，也就是鹿苑寺，本來應該有十二、三人。但是被軍方徵召和強制動員勞務，除了七十幾歲的導覽員和負責傳達接待的人，以及年近六十的廚娘之外，只剩下執事、副執事，以及我們三個徒弟。老人們已經半隻腳踏進棺材，少年們簡而言之還是小孩。執事也稱為副司，忙著會計工作。

幾天後，我被分派去住持（我們稱他為老師）房間送報紙的任務。報紙是在我們做完早課，打掃完畢的時候送來。寺中人少，要在短暫的時間內把多達三十間房間的走廊都擦乾淨，工作難免會有點馬虎。去玄關取來報紙，經過使者房間的前走廊，從後方繞過客殿，走過其間走廊，前往老師住的大書院。這中間走過的走廊都還沒乾，擦拭時幾乎像是潑了半桶水，因此木板凹陷處到處都有積水在朝陽中發光，連腳踝都浸濕了。當時是夏天，感覺很涼爽。但是我從其他徒弟那裡得到祕傳，跪在老師房間的拉門外稟報「打擾了」，得到老師那聲回應「唔」獲准進屋之前，必須先迅速拿僧衣下擺擦乾濕搭搭的雙腳。

我嗅著報紙油墨散發的俗世鮮明氣息，一邊偷瞄報紙的大標題，匆匆走過走廊。這時，我看到「帝都空襲不可避免？」這個標題。

23 典座，在禪寺負責寢具及用餐等雜務的僧人。

說來各位或許覺得奇怪，之前我從未把金閣與空襲聯想到一起。塞班島淪陷後，眾人判斷本土空襲勢不可免，京都市的某些地區也緊急強制疏散居民，但金閣這幾乎永恆的存在，與空襲的災禍，兩者在我心中始終毫不相干。我總覺得金剛不壞之身的金閣，和那種科學因素造成的大火，彼此深知那種異質性，就算碰上了肯定也會迅速閃開。……可是，現在金閣或許真的會毀於空襲的大火。再這樣下去，金閣肯定會化為灰燼。

……這種想法在我心中萌生後，金閣又增添了悲劇性之美。

就在開學前一天的夏日最後一個午後。住持帶著副執事，不知受邀去哪做法事了。鶴川找我去看電影。可我意興闌珊，他頓時也意興闌珊。鶴川就是有這種毛病。

我倆得到幾小時的空暇，在卡其色長褲纏上綁腿，戴上臨濟學院中學的制服帽走出本堂。夏日豔陽高照，因此一個參觀者也沒有。

「我們要去哪？」

我說，去哪之前我想先仔細看看金閣，因為從明天起就無法在這個時間看金閣，而且說不定在我們去工廠勞動時金閣就會毀於空襲大火。我結結巴巴試著解釋不時還口吃，鶴川在傾聽的過程中始終一臉哭笑不得又不耐煩的表情。

講完之後，我就像講了甚麼丟臉的話，已經滿頭大汗。我對金閣的異樣執著，只向鶴川一人坦白。但鶴川聽了之後，表情只有努力想聽清我口吃話語的人那種熟悉的焦躁感。

我撞上這樣的神情。無論是告白重大祕密時，或是傾訴對美的感動時，彷彿要掏心掏肺給對方看時，我撞見的都是這樣的神情。通常人不會對人做出這種神情。那張臉孔無懈可擊地忠實模仿我滑稽的焦躁感，就像是我的可怕鏡子。無論如何美麗的面孔，在這種時候，都會變成和我一模一樣的醜陋。一看到那個，我想表現的重要事物，就會淪為等同破瓦毫無價值之物。……

鶴川與我之間，有夏日強烈直射的陽光。鶴川年輕的臉孔泛著油光，在光亮中，一根根睫毛燃燒金色火焰，鼻孔噴出熱氣張大，等待我把話說完。

我說完了。說完的同時也陷入憤怒。鶴川從第一次見面到現在，從未嘲笑過我的口吃。

「為什麼？」

我質問他。我曾再三說過，比起同情，我更欣賞嘲笑和侮蔑。

鶴川浮現難以形容的溫柔微笑。他說。

「因為我天生就對這種事壓根不在意。」

我為之愕然。在鄉下粗俗環境長大的我，從不知道這種溫柔。是鶴川的溫柔教我發現，原來把我這人的存在扣除口吃之後依然可以是我。我徹底嘗到被剝光的痛快。鶴川被濃密睫毛鑲邊的眼睛，從我身上過濾掉口吃，接納了我。因為過去的我奇妙地深信，口吃被無視，也就等於我的存在被抹煞。

……我感到了感情的和諧與幸福。當時看到的金閣情景令我永生難忘自然也不足為奇。我倆偷偷經過打瞌睡的傳達老人面前，沿著圍牆匆匆走過杳無人跡的小路，前往金閣前。

……我的記憶歷歷如昨。就在鏡湖池畔，兩個打綁腿的白衣少年勾肩搭臂佇立。在兩人的面前，金閣毫無阻隔地存在。

最後的夏日，最後的暑假，最後的一天……我們的青春，站在令人目眩的邊端。而金閣，也和我們一樣站在邊端，面對面，進行對話。對空襲的預期，讓我們與金閣如此接近。

晚夏寂靜的日光，在究竟頂的屋頂貼上金箔，灑落正下方的光芒，用夜色般的黑暗充盈金閣的內部。過去這座建築的不朽時光一直壓迫我、隔離我，可是它終將被燒夷彈焚毀的命運，逐漸貼近我們的命運。金閣或許會比我們先滅亡呢。這麼一想，金閣好像也和我們同樣活著。

環繞金閣的赤松群山被蟬聲籠罩。彷彿有無數看不見的僧人在念誦消災咒。「佉佉。佉呬佉呬。吽吽。入嚩囉入嚩囉。鉢囉入嚩囉鉢囉入嚩囉。」

這美麗的東西不久將化為灰燼呢，我暗想。因此，心中的金閣和現實的金閣，就像透過薄絹描摹的圖案，重疊在原本的畫上，細節徐徐疊合，屋頂與屋頂疊合，伸向池塘的漱清與漱清疊合，潮音洞的勾欄與勾欄疊合，究竟頂的花頭窗與花頭窗疊合。金閣不再是不動的建築。它已化作現象界的縹緲象徵。現實的金閣，藉由這樣的想法，成為不亞於心中金閣的美好事物。

明日大火或許就會從天而降，把那纖巧的柱子、優雅的屋頂曲線盡數化為灰燼，再也無法讓我們看見。但是眼前，它精緻的身影沐浴著夏天火焰似的日光，依舊泰然自若。

山邊正有父親枕經[24]時我眼角曾感受到的那種夏雲聳立。它泛著鬱積的光芒，俯瞰這纖細的建築。金閣在如此強烈的晚夏日光下，失去細節的雅趣，內部蘊含冰冷的暗影，看似只用那神祕的輪廓抗拒周遭明亮的世界。唯有頂端的鳳凰始終不被太陽迷花眼，立起尖銳的爪子牢牢抓住台座。

鶴川厭倦我漫長的凝視，撿起腳邊的小石子，用漂亮的投手姿勢，把石子丟進鏡湖池的金閣倒影中央。

波紋推開水面的藻類擴散，轉眼之間，美麗精緻的建築就破碎了。

❖

之後直到戰爭結束的那一年之間，是我和金閣最親密，最關心它的安危，沉溺於它的美麗的時期。嚴格說來，金閣被拉低到與我同樣的高度，在這個假定下，我得以毫無畏懼地愛金閣。我還沒有受到金閣的惡劣影響，或者說毒害。

我與金閣在這世間面臨的共同危難激勵了我。我找到將美與我連結的媒介。我感到那個曾經看似拒絕我、疏遠我的東西，與我之間架起了橋梁。

燒死我的火也將燒毀金閣的這個念頭，幾乎令我迷醉。同樣的災禍，同樣不祥的失火命運下，金閣與我居住的世界屬於同一次元。和我脆弱醜陋的肉體一樣，金閣擁有雖堅硬卻易燃的碳質肉體。這麼一想，有時我甚至像逃走的盜賊把高貴的寶石吞下肚藏匿，覺得自己也可以把金閣藏在我的血肉、我的身體組織之中成功逃走。

請各位想想看，那一年之中，我未學習佛經，也沒看書，每天只忙著修

24 枕經，死後入殮納棺前，在死者枕畔誦經。

身[25]、軍事體操和武術，在工廠勞動並協助強制疏散。那助長了我愛做夢的個性，拜戰爭所賜，人生遠離了我。戰爭對我們少年人而言，是一個如夢境般毫無實質的倉皇體驗，也像是被隔絕於人生意義之外的隔離病房。

昭和十九年十一月，B二十九轟炸機第一次轟炸東京，京都似乎也可能隨時遭到空襲。京都全市陷入火海成了我悄悄的夢想。這個城市原封不動地守護許多古老的事物，以至於忘記無數神社佛寺從中產生過的灼熱的灰燼記憶。想像昔日應仁之亂曾讓這個城市多麼荒廢，我認為京都由於已遺忘對戰火的不安太久，因此失去了幾分美感。

明天金閣大概就會被焚毀吧。它將會失去那充滿空間的型態吧。……屆時頂端的鳳凰應該會像不死鳥浴火重生翱翔天際吧。受到形態束縛的金閣，屆時也將輕盈離錨在各處現身，在湖上，在黑暗的海潮上，滴落微光四處漂蕩吧。……

等了又等，京都還是沒有受到空襲。翌年的三月九日，即便聽到東京老街一帶失火的消息，災禍仍在遠方，京都上方只有澄澈的早春天空。

我半是絕望地等待，這早春的天空，恰似閃亮的玻璃窗看不見內部，但我試圖相信內部隱藏了火焰與毀滅。正如前面也提過的，我缺少對人的關心。父親的死，母親的貧窮，幾乎都沒有左右我的內在生活。我只是夢想著能夠把災禍、大難、超越人類規模的悲劇、人類與物質、醜陋與美麗，全都在同一條件下壓扁的巨大壓榨機般的東西。於是早春天空非比尋常的燦爛，也像是巨大得幾乎覆蓋地表的斧頭那清冷的刀光。我只是一心一意等待它落下。等待那迅速得無暇思考的落下。

至今我仍感到不可思議。我並非本就滿腦子黑暗思想。我的關心，我所面臨的難題原本應該只有美。可我並不認為是戰爭影響了我讓我抱有黑暗思想。如果滿腦子只想著美，人就會不知不覺撞上這世間最黑暗的思想。人多半是這樣形成的。

25 修身，戰時國民學校的科目之一，根據教育敕語進行道德教育。

我想起戰爭末期在京都的某段插曲。說來有點難以置信，但目擊者不只我一人。當時我身旁還有鶴川。

工廠因電力不足休工的某一天，我與鶴川一起去了南禪寺。我們還沒去過南禪寺。我們穿越寬敞的大馬路，越過架設在斜坡纜車上方的木橋。

那是個五月風和日麗的晴天。斜坡纜車幾乎已無人使用，拖船用的斜坡軌道已經生鏽，軌道幾乎淹沒在雜草中。雜草開出的白色十字形小碎花迎風抖動。直到斜坡纜車的起點都有汙水沉積，浸淫這邊岸上成排櫻樹的影子。

我們在那小橋上，毫無意義地望著水面。戰時絕大多數的回憶，都有這樣短暫無意義的時間留下鮮明印象。甚麼也沒做的恍神片刻，就像偶爾從雲層間露出的藍天四處殘留。那樣的時光，竟然鮮明如痛切的快樂記憶，想想真不可思議。

「真好。」

我也無意義地微笑說。

「嗯。」

鶴川也看著我微笑。我倆深感這兩三小時是專屬於自己的時光。寬闊的碎石子路蜿蜒，路旁有水溝，清冽的溝水中有美麗的水草蕩漾。之後鼎鼎大名的山門終於在眼前矗立。

寺內到處不見人影。滿眼新綠之中，只見無數小院的屋脊秀逸不俗，如同巨大的銀鏽色書本倒扣。戰爭在這一瞬間算甚麼呢？在某一時，某一地，戰爭，似乎是只存於人類意識中的怪誕精神事件。

傳說中石川五右衛門[26]腳踩樓上欄杆欣賞滿目繁花，八成就是在這個山門。我們懷抱孩童般的天真心情，儘管已是櫻花落盡新葉萌芽的初夏時節，還是想擺出和五右衛門同樣的姿勢眺望景色。我們付了低廉的入場費，走上原木色已泛黑的陡峭階梯。走到階梯轉角處，鶴川的頭撞到低矮的天花板。嘲笑他的我也緊跟著撞到頭。我倆又轉個彎繼續上樓，來到樓上。

26 石川五右衛門（1558-1594），安土桃山時代的大盜。據説最後在京都三條河原被丟進大鍋活煮而死。「腳踩樓上的欄杆……」是歌舞伎「樓門五三桐」中的一幕。

從地窖般的狹仄階梯，驟然置身在遼闊景觀，那種暴露全身的緊張很痛快。葉櫻和松林，對面無數房屋後方橫陳的平安神宮森林，京都市街盡頭氤氳的嵐山，北方的貴船、箕裡、金比羅群山的綿延……充分欣賞完這些景色後，我們這才像個佛寺徒弟恭恭敬敬脫鞋走入堂內。昏暗的佛堂鋪滿二十四張榻榻米，釋迦佛像在中央，十六羅漢的金色眼瞳在黑暗中發光。這裡叫做五鳳樓。

南禪寺雖同屬臨濟宗，卻和屬於相國寺派的金閣寺不同，是南禪寺派的大本山。我們等於身在同宗異派的寺院。但我倆和一般中學生一樣，一手拿著遊覽指南，四處參觀據說出自狩野探幽守信[27]及土佐法眼德悅[28]之筆，色彩豔麗的藻井畫。

藻井一隅繪有飛翔的仙人，以及仙人們彈奏的琵琶與笛子。另一處藻井則有手捧白牡丹的迦陵頻伽正在拍翅。迦陵頻伽是住在天竺雪山的妙音之鳥，上半身是女人豐滿婀娜的模樣，下半身卻是鳥。還有中央的藻井，描繪的是金閣頂端那隻鳥的同類，卻和那隻威嚴的金鳥毫不相似，是華麗如彩虹的鳳凰。

在釋尊佛像前，我們跪地合掌膜拜。之後走出佛堂。但我們流連樓上不捨離去。遂倚靠之前走上來的階梯旁向南的勾欄。

我感到某種美麗細碎色彩的漩渦。那也像是剛看過的藻井畫的極彩色殘影。豐富色彩的凝集感，也彷彿那隻貌似迦陵頻伽的鳥，躲在整片嫩葉和松樹某處綠色枝椏之間，隱約露出華麗雙翼的尖端。

結果並不是。在我們的眼下，隔著馬路就是天授庵。簡素種植沉靜矮樹的庭院內，唯有方形石板邊角相連的石板路曲折迂迴，一路通往紙門敞開的房間。房間內，壁龕和裝飾架都看得一清二楚。那裡似乎常用於獻茶或出租給人辦茶會，亮麗地鋪著紅毯。此刻有一名年輕女子獨坐。映現我眼中的色彩就是那個。

戰時看不到這樣穿著華麗大袖和服的女人。如果以那副打扮出門，恐怕半路就會挨罵，不得不掉頭回家。可見那身和服有多麼華美。雖看不清詳細的花

27 狩野探幽守信（1602-1674），江户初期畫家。日後自稱探幽齋。幕府御用畫師。

28 土佐法眼德悦，應為土佐派畫師，身世不詳。土佐派從中世至近世乃日本畫代表。

紋，但水藍底色綴有各種花樣還有拼接點綴，緋紅腰帶也有金線閃爍，說得誇張點，簡直是令蓬蓽生輝。只見年輕美貌的女子端坐，浮離出那張雪白的側臉，令人懷疑她是否真的是活人。我結結巴巴說：

「那真的是活人嗎？」

「我也正在想這個問題。很像人偶呢。」

鶴川把胸膛緊壓在欄杆上，目不轉睛地回答。

這時，房間深處出現一名穿軍服的年輕陸軍士官。他彬彬有禮在距離女人前方一兩尺之處跪坐，面對女人。二人就這麼文風不動對坐半晌。

最後女人起身。安靜地消失在走廊暗處。過了一會，女人捧著茶杯，任由微風掀動她的大袖子就這麼婀娜走回來。在男人面前敬茶。按照茶道的做法敬獻薄茶後，女人坐回原位。男人發話。男人遲遲沒喝茶。那段時間感覺上異樣漫長，也異樣緊張。女人深深垂首。……

難以置信的事情就在這之後發生。女人保持端正的姿勢，忽然扯開領口。我的耳朵幾乎能聽見絲絹衣服從硬邦邦的腰帶內側被拽出的聲音。雪白的胸脯暴露。我為之屏息。女人親手掏出了自己雪白豐滿的一側乳房。

士官捧著深色的茶杯，膝行到女人面前。女人作勢以雙手搓揉乳房。

我不敢說自己親眼看見了，但我感到，深色茶杯內起泡的黃綠色茶水中，雪白溫熱的乳汁噴出，滴入杯中，寂靜的茶水表面被這白色乳汁弄混起泡的情景歷歷如在眼前。

男人舉起茶杯，一口喝光那不可思議的茶水。女人掩住雪白胸脯。

我倆渾身僵硬地看直了眼。事後回想，那應該是育有士官之子的女人，和即將出征的士官最後的訣別儀式。但當時的感動拒絕任何解釋。由於看得太緊張，甚至無暇留意那對男女不知幾時已從房間消失，只剩下緋紅色毯子。

我看到雪白側臉的浮雕，以及無比雪白的胸脯。女人消失後，那天剩下的時間，乃至隔天，再隔天，我都在執拗地想。那個女人，的確就是起死回生的有為子本人。

第三章

父親的一周年忌日到了。母親突發奇想。正被動員服勞役的我難以返鄉，因此母親打算捧著父親的牌位親自來京都，讓田山道詮和尚在老友的忌日替他誦經幾分鐘。她本來就沒錢，只是仗著人情寫信給和尚。和尚答應了。並且也如此通知我。

聽到這個消息，我並不開心。我在文中一直故意不提母親自有理由。因為我不太想觸及母親的事。

關於某起事件，我沒有責怪過母親一個字。也從未開口提及。母親八成還沒發現我已經知道那件事。但從那之後，我心裡就一直無法原諒母親。

那是在我進入東舞鶴中學寄宿叔父家，第一學年的暑假初次返鄉時發生的事。當時母親的遠親倉井，在大阪事業失敗，回到成生，但他的妻子身為招贅的家業繼承人，不讓他進家門。無奈之下，倉井只好先棲身在我父親的寺中等待事態平息。

我們的寺院蚊帳不多。難得居然無人染病，但母親和我都是和患有結核的父親睡一頂蚊帳，現在又加上倉井。我記得夏天深夜時，蟬會在院中的樹木唧唧發出短促的鳴聲飛來飛去。大概就是那聲音吵醒了我。潮聲高漲，海風掀起蚊帳嫩綠色的帳腳。蚊帳的晃動方式很不尋常。

蚊帳隨風鼓起，隨即過濾風，身不由主搖晃。因此蚊帳隨風鼓起的形狀，並非忠實於風的形狀，風去後，稜角消失。擦過榻榻米如竹葉的聲響，是蚊帳的帳腳撩起的聲音。但此刻蚊帳傳來並非風吹的動靜。比風更細微，如漣漪擴大至整個蚊帳，扯動粗糙的布料，從內側看到的大蚊帳，就像漲滿不安的湖面。是湖上遠帆濺起的浪頭，抑或是船隻早已駛過後遠處的餘波蕩漾。……

我戰戰兢兢將視線轉向晃動的來源。頓時感到自己在黑暗中睜開的眼睛，彷彿被尖錐刺穿眼底核心。

對四人而言太狹小的蚊帳中，睡在父親身旁的我，在翻身的過程中，似乎不知幾時把父親擠到了角落。在我和我看到的東西之間，有皺巴巴的床單白色的距離，在我的背後，蜷身而臥的父親，熟睡時呼出的氣直接噴到我後頸。

之所以察覺父親醒了，是因為他強忍咳嗽的不規律呼吸，觸及我的背部。那一刻，突然間，十三歲的我睜開的雙眼被巨大溫熱的東西遮住，眼前一片漆黑。我立刻懂了。是父親的雙掌從背後伸過來蒙住我的眼。

迄今我仍記得那雙手掌。那是難以形容的巨大手掌。手掌從背後伸來，把我看到的地獄，頓時從眼前遮住。那是他界之掌。雖不知是出自於愛，慈悲，還是屈辱，但那雙手掌當下把我接觸到的可怕世界打斷，埋葬在黑暗中。

我輕輕在那掌中點頭。從我小臉的點頭，察覺到諒解與同意後，父親的手掌立刻移開了。……而我，聽從手掌的命令，即便在手掌移開後，依然緊閉雙眼，直到不眠的早晨來臨，眼皮被刺眼的戶外光線穿透。

——請回想一下，後來我父親出殯時，我**看著**那張遺容，當下卻一滴眼淚也沒掉。請回想一下，隨著他的死亡，我擺脫了手掌的羈絆，藉由觀看父親的臉孔確認了自己的生命。對於那手掌，對於世間稱為親情之物，我沒忘記如此忠實的復仇，但是對母親，撇開無法寬恕那場記憶不談，我始終沒想過復仇。

……母親在忌日的前一天，安排好了要來金閣寺住一晚。住持還特地替我寫信請假，讓我在忌日當天不用上學。但我還是照樣去工廠服勞役。前一天我很不想回鹿苑寺。

心靈透明單純的鶴川，很替我高興能與母親久別重逢。寺中同輩也很好奇。可我憎恨貧窮寒酸的母親。我苦於不知如何向親切的鶴川解釋自己為何不想見母親。而且他在工廠下班後就匆匆拽著我的手臂說，

「快，我們用跑的回去。」

若說我完全不想見母親，那是言過其實。我不可能不思念母親。但我討厭面對親人露骨的關愛表現，或許只不過是試著給自己的討厭找各種理由。這是我的惡劣個性。找各種理由把某種誠實的感情正當化時還好，有時自己腦中編

造出的無數理由，甚至會強迫我接受自己也沒料到的感情。那種感情本來並不屬於我。

可是只有我的厭惡含有某種正確。因為我自己就是該被厭惡的人。

「用跑的又能怎樣。我累了，拖著步伐回去就行了。」

「你是打算這樣讓你媽同情你，好對你媽撒嬌吧。」

鶴川總是這樣充滿對我的錯誤解讀。但他已成為我絲毫不嫌煩的必要人物。他是我善意的口譯員，把我說的話翻譯成現世的語言，是無可取代的摯友。

是的。有時我覺得鶴川就像從鉛塊提煉出黃金的煉金術師。我是照片的負片，他是正片。不知有多少次，我驚訝地看著自己混濁的負面感情，被他的心靈過濾後，全數變成晶瑩剔透煥發光彩的感情！在我口吃躊躇之際，鶴川的手已把我的感情從裡到外翻個面傳達給外界。我從這些驚愕中學到的，就是如果僅限於感情，這世上最壞的感情與最好的感情並無分別，效果是一樣的，殺意和慈悲心在外觀上毫無差別……諸如此類。即便極盡言詞來說明，鶴川八成也不會相信這種事，但對我而言那是一個可怕的發現。因為就算鶴川讓我不再畏懼偽善，偽善於我也只不過是相對性的罪惡。

京都雖未受到轟炸，但我有一次被工廠派去出差，帶著飛機零件的訂單，去大阪的母工廠時，湊巧遇上空襲，親眼目睹肚破腸流的工人被擔架抬走。

露出的腸子為何悽慘呢？為何看到人的內在，會不由悚然，忍不住蒙眼呢？為何流血會帶給人們衝擊？為何人的內臟是醜陋的呢？……那和光滑年輕的皮膚之美，不是完全同質嗎？……如果我說把自己的醜陋化為虛無的這種想法是向鶴川學來的，他不知會做出甚麼表情？內側與外側，假設把人類當成玫瑰花那樣不分內外的東西來觀察，這種想法為何會看來毫無人性呢？如果人的精神內在與肉體內在，也能像玫瑰花瓣一樣柔順翻飛，捲曲，暴露在陽光與五月的微風中該多好……

——母親已經來了，正在老師的房間說話。我和鶴川跪坐在初夏黃昏的簷廊，說聲我們回來了。

老師讓我一個人進房間，對母親說，這孩子表現得很好。我幾乎沒看母親，一直低著頭。她洗得發白的深藍色勞動褲的膝上，可以看見併攏的骯髒手指。

老師對我們母子說，可以離開了。我們一再鞠躬後走出房間。小書院坐北朝南，面向中庭五帖大的儲藏室就是我的房間。只剩下我倆後，母親哭了出來。

我早已料到這點，因此得以保持冷然的姿態。

「我已經是鹿苑寺的徒弟了，在我出師之前，希望妳別來找我。」

「我知道，我知道。」

我很高興能夠用殘酷的言詞迎接母親。但母親從以前就這樣，毫無所感，毫不抵抗，這種態度令人恨得牙癢。可我光是想像母親越線闖入我內心就覺得害怕。

母親曬黑的臉上，有一雙看似狡猾，眼窩凹陷的小眼睛。唯有嘴唇像另一種生物般紅潤油亮，還有一嘴鄉下人堅固耐用的大牙。她已到了若是都市女人就算濃妝也不足為奇的年紀。我敏感地發現，母親似乎盡可能自我醜化的臉上，隱約像沉澱渣滓似地殘留肉感，那讓我憎恨。

離開老師房間，盡情哭泣後，母親用配給的粗糙人造纖維手巾敞開曬黑的胸脯擦拭。布料散發動物性光澤的手巾，被汗水浸濕後更顯光亮。

她從背包取出白米，說要給老師。我沉默不語。母親又取出用鼠灰色舊棉布層層包裹的父親牌位，放到我的書架上。

「真是感恩啊。明天有和尚誦經，你爸爸肯定也會很高興。」

「忌日過後，媽就要回成生了嗎？」

母親的答覆令我意外。她說已把那座寺院的權利轉讓他人，少許田地也賣了，當初替父親治病欠的錢都已還清，今後她孑然一身，已經說好要寄住在京都近郊加佐郡的舅舅家。

我本該回去的寺院沒有了！那個荒涼的海岬村落，本該迎接我的一切都沒了。

這時我臉上浮現的解脫感，不知母親是如何解釋。她湊近我的耳邊說：

「你聽著，你的寺院已經沒有了。今後，你除了成為這金閣寺的住持沒別的出路了。你要讓和尚疼愛你，選你當繼承人才行。知道嗎？這是媽現在活著的唯一指望了。」

我驚愕地回視母親的臉。但我害怕得無法正視。

室內早已暗下來。她把嘴湊近我耳邊，因此這「慈母」的汗水味瀰漫在我周遭。我記得當時母親笑了。遙遠的哺乳記憶，淺黑色乳房的回憶，那種心象，極為不快地在我內心四處奔竄。猥瑣的野心，被某種肉體的強制力點燃，那似乎令我畏懼。母親捲曲的鬢髮掠過我臉頰時，我看見薄暮的中庭生滿青苔的洗手缽上，有一隻蜻蜓停駐。向晚天空墜入那小片圓形水面上。一片死寂，鹿苑寺在那一刻彷彿無人寺。

我終於直視母親。母親平滑的唇角，閃現金牙的光芒笑了。我的回答嚴重口吃。

「可是我遲早會被徵召去當兵，說不定還會戰死。」

「笨蛋。你這種口吃還會被徵召的話，那日本也完了。」

我聽了當下背肌緊繃，我恨母親。但我結結巴巴說出的話語只不過是遁辭。

「空襲說不定會燒毀金閣。」

「照現在這樣下去，京都絕對不可能碰上空襲。因為美國佬不敢。」

……我沒回答。籠罩薄暮的寺院中庭，呈現海底的顏色。石頭保持激烈格鬥的形狀就此沉沒。

母親對我的沉默不以為意，站起來毫不客氣地打量圍繞這五帖陋室的木板。

「晚飯時間還沒到嗎？」她說。

——事後想想，這次和母親的會面，為我的心情帶來莫大影響。如果說我是在這時察覺母親和我完全是不同世界的人，母親的想法第一次強烈影響我也是在這時。

母親是和美麗的金閣天生無緣的人種，相對的，她擁有我不知道的現實感覺。與我的夢想無關，京都根本不怕空襲，這或許才是真相。而且如果金閣今後沒有遭遇空襲之虞，那我就失去了生存意義，我居住的世界將會瓦解。

另一方面，母親出人意料的野心雖令我憤恨，卻也俘虜了我。父親生前隻字未提，但他或許也是抱著和母親同樣的野心把我送入這寺中。田山道詮和尚未婚無子。老師自己就是受上一任住持囑託繼承鹿苑寺，那我只要多用點心，說不定也能被指定為繼承人。如果真是那樣，金閣就會歸我所有！

我的思緒混亂。位居第二的野心一旦成為重擔，就回歸到第一的夢想——金閣遭到空襲。當那個夢想被母親露骨的現實判斷戳破，便又回到排在第二的野心，我左思右想浮想聯翩，結果導致我的脖頸根部冒出紅腫的大疙瘩。

我放任不管。疙瘩就此根深蒂固，從後頸帶來熾熱沉重的壓力。斷斷續續的睡眠中，我夢見我的頭部出現純金光環，在腦後形成橢圓形逐漸擴大。醒來時才發現，那只不過是疙瘩帶有惡意的疼痛。

我終於發燒病倒。住持送我去外科醫生那裡。穿著國民服打綁腿的外科醫生，給這疙瘩簡單命名為癤子，也不捨得用酒精就拿烤火消毒過的手術刀直接切開。

我不禁呻吟。熾熱沉重的痛苦世界，彷彿在我的後腦迸裂，萎縮，衰退。……

❖

戰爭結束了。在工廠聆聽天皇宣布終戰的敕令後，我心中想的，依然只有金閣。

回到寺中，我匆匆趕往金閣前自然不足為奇。參觀路徑的碎石子被盛夏的陽光曬得發燙，我的運動鞋粗糙的橡皮鞋底，黏上一顆又一顆碎石子。

聽了終戰敕令後，許多人跑去無人居住的京都御所前哭泣（若是在東京應該會去皇宮前吧）。在京都，有很多這種時候用來哭泣的神社佛寺。無論哪一處，這天肯定都生意興隆。但金閣寺終究無人前來。

發燙的碎石子上，只有我的影子。或許該說金閣在彼方，我在這方。打從一眼看到這天的金閣起，我感到「我們」的關係已經改變。

金閣超越了戰敗的衝擊、民族的悲哀這些東西。或者，是假裝超越。昨天的金閣本來還不是這樣。金閣幸運逃過了空襲，而且從今天起再也不用擔心空襲，肯定是這個成就了金閣，讓金閣再次找回「我從以前就在這裡，未來也將永遠長駐此地」的表情。

內部的古老金箔也維持原樣，在外牆塗抹的夏日豔陽的金漆保護下，金閣就像無用的高傲裝飾品那樣安靜。是放置在森林綠焰前空蕩蕩的巨大裝飾架。符合這個架子規格的擺設品，想必只有大得離譜的香爐或大得出奇的虛無這類東西。金閣徹底失去了他們，頓時洗去實質，建立起異樣空虛的形式。更異樣的是，金閣平日不時展現的美，都沒有這天看起來這麼美。

它也超脫我的心象，不，是超脫於整個現實世界，和任何種類的易感都無緣，金閣從未顯示如此堅固的美！它拒絕一切意義，它的美從未如此光輝。

不誇張地說，我看著它不禁雙腳戰慄，滿頭冷汗。上次看了金閣回鄉下後，它的細節和整體如音樂互相呼應在我心中回響，相較之下，此刻我聽到的，是完全的靜止，完全的無聲。其中沒有任何的流動，任何的光影變化。金閣就如音樂可怕的休止，鳴響的沉默，無聲地存在、屹立在那裡。

「金閣和我的關係斷絕了。」我暗想。「這下子我和金閣住在同一世界的夢想破滅了。而且比原先更不樂見的事態開始發生。那是美在彼方，我在這方的事態。是只要這世界還在就不可能改變的事態……。」

日本戰敗於我而言，就只是如此絕望的體驗。現在我面前也能看見八月十五日焰火似的夏日光芒。人們說一切價值都已崩壞，可我內心正好相反，「永遠」甦醒了，它捲土重來，主張那個權利。那是宣告金閣未來永存的永遠。

永遠從天而降，貼在我們的臉頰、手上、腹部，掩埋了我們。這個令人詛咒的永遠……是的。周遭群山的蟬鳴聲中，在戰敗這天，我也聽見這詛咒似的永遠。它把我塗滿金色的壁土。

那晚開枕誦經前，特地為了祈求陛下安泰，告慰陣亡者英靈，念了長卷經文。戰時各宗派都改用簡略的輪袈裟，但這晚老師特地穿上許久未穿的緋紅色五條袈裟。

他那張潔淨得似乎連皺紋裡層都被洗淨、略顯肥胖的臉孔，今天也氣色紅潤，似乎很滿足。這是炎熱的夏夜，因此衣服摩擦聲更顯清涼。

誦經後，寺中人都被叫去老師房間，開始講課。

老師選的公案，是《無門關》第十四則的南泉斬貓。

「南泉斬貓」在《碧巖錄》中，也有第六十三則「南泉斬貓兒」，第六十四則「趙州頭戴草鞋」這二則記述，自古以來就是以難解著稱的公案。

唐代時，池州南泉山有普願禪師這位名僧。眾人根據山名，稱其為南泉和尚。

某日全寺出動割草時，這寂靜的山寺出現一隻小貓。眾人覺得稀奇，遂四處追捕之，這下子演變成東西兩堂之爭。兩堂都想把那隻貓當成自己的寵物。

南泉和尚看了，當下拎起小貓的脖子，拿著割草的鐮刀說：

「大眾道得即救取貓兒，道不得即斬卻也。」

眾人沒有答案。南泉和尚遂斬小貓扔棄。

日暮時，高徒趙州歸來。南泉和尚敘述事情經過，詢問趙州的見解。

趙州當下脫掉鞋子，放到頭上走出去。

南泉和尚嘆息說：

「唉，今天要是有你在，貓兒也不會死了。」

——故事大致如上，尤其是趙州把鞋子放到頭上之舉，聽來更是費解。

但根據老師的講解，這並不是甚麼困難的問題。

南泉和尚斬貓，是斬斷自我迷妄，斬除妄念妄想的根源。藉由無情的實踐，斬下貓頭，斷絕一切矛盾、對立、自他的確執。這若稱為殺人刀，趙州的就是活人劍。把沾滿泥土受人輕蔑的鞋子，秉持無限寬容放到頭上，是實踐了菩薩道。

老師如此說明後，絲毫未提及日本的戰敗就結束講課。我們一頭霧水。一點也不懂他為何在戰敗這一天特地選擇講述這則公案。

回房間的路上，我向鶴川提出這個疑問。鶴川也大搖其頭。

「我也不知道。如果沒經歷過僧堂修行生活是不可能懂的。不過今晚講課的重點，我想應該就在於戰敗這天對此事隻字不提，反而講甚麼斬貓的故事。」

就算戰敗，於我也絕非不幸。但老師那滿足幸福的神情令我耿耿於懷。

在一座佛寺中，通常是靠著對住持的尊敬維持寺中秩序，然我雖在寺中住了一年，對老師並沒有深厚的敬愛。那樣當然也無妨。但自從被母親點燃野心後，十七歲的我，有時會用批判的眼光看老師。

老師是公平無私的。但如果我是老師想必也會那樣公平無私，那是可以輕易想像的那種公平。老師的個性也缺乏禪僧獨特的幽默感。通常那種略胖的身形本該具備幽默。

我聽說老師以前玩過許多女人。可是想像老師玩樂的樣子，有點可笑，也有點不安。被他如同粉紅色麻糬的身體擁抱，女人會是甚麼心情呢？大概會覺得連世界的盡頭都與那粉紅色柔軟肉體相連，被埋進肥肉堆成的墳墓吧。

我對禪僧也有肉體深感不可思議。老師之所以四處玩女人，似乎是為了捨棄肉體，輕蔑肉身。可那被輕蔑的肉身盡情吸收營養，油光水滑地包覆老師的精神，想想很不可思議。那是猶如被馴養的家畜般溫順謙讓的肉體。對和尚的精神而言，那肉體簡直如同小妾……。

我必須先說說戰敗於我為何物。

那不是解放。斷然不是解放，只是不變的、永遠的、融入日常中的佛教時間的復活。

寺中的日課自戰敗隔天起，又像以前一樣繼續。開定，朝課，粥座，勞務，齋座（午餐），藥石，開浴，開枕……而且老師嚴禁購買黑市米，只有施主捐贈的白米，或是副司為了發育期的我們謊稱施主捐贈偷偷去黑市買來的些許米粒，沉在貧乏的粥碗中。也常常去買地瓜。不只是早上吃粥，中午和晚上也是天天吃稀粥和地瓜，我們隨時隨地都很餓。

鶴川拜託東京的家人不時寄些甜食來。夜深後就來我枕邊一起吃。深夜的天空不時劃過閃電。

有這麼富裕的家庭，又有這麼慈愛的父母，我問他為何不回去。

「因為這也是修行啊。反正我將來也是要繼承老爹的寺院。」

他似乎絲毫不以為苦。就像不長不短恰好放進筷盒的筷子。我繼續追問，對鶴川說，今後或許有難以想像的新時代來臨。那一刻，我想起在戰敗後的第三天去上學時，聽見大家都在議論擔任工廠指導者的士官，說他裝了一卡車的物資運回自家。據說士官公然表示今後要當黑市販子。

那個大膽、殘酷、眼神銳利的士官，已朝罪惡奔去。他的半長靴奔馳的道路前方，和戰爭中的死亡有同樣面貌，如朝霞般混亂無序。他大概會任由胸前的白絹圍巾飛揚，被背上偷來的物資壓得彎腰駝背，聽憑夜風拂過臉頰，就此出發吧。他將以驚人的速度被磨滅吧。但更遠處，更輕盈無序的光輝鐘樓響起了鐘聲。……

我被隔絕在這一切之外。我沒錢，沒有自由，也沒有解放。但當我說出「新時代」時，十七歲的我，雖然尚未明確成型，卻已下定一個決心。

「世間眾生若是在生活與行動中體驗罪惡，那我要盡量深沉地墜入內心之惡。」

但我首先想到的罪惡，只不過是巧妙地討好老師，將來設法弄到金閣罷了，而且在一瞬的幻想中，那只是毒殺老師，之後自己占據金閣，不過是個未經深思的模糊幻夢。這個計畫，在確定鶴川沒有同樣的野心後，甚至令我的良心安寧。

「你對未來，都沒有任何不安或希望嗎？」

「完全沒有。就算有又能怎樣。」

鶴川如此回答的語氣中，沒有絲毫負面情緒，也沒有自暴自棄的味道。那一刻，閃電照亮他臉上唯一纖細的部分——細長的彎彎眉毛。鶴川任由理髮師把眉毛上下都剃掉了。因此細眉變得更人工化的纖細，眉尾部分留有剃過後的些許青影。

我瞄了一眼那青色，忽感不安。這個少年和我不同，生命的純潔末端正在燃燒。在燃燒之前，未來被隱藏。未來的燈芯浸泡在透明冰冷的燈油中。有誰必須去預測自己的純潔無瑕呢？如果未來只剩純潔無瑕的話。

……那晚，鶴川回他的房間後，殘暑的悶熱令我輾轉難眠。最後，試圖抗拒自瀆習慣的掙扎奪走我的睡意。

偶爾我會在夢中遺精。且我其實並未夢見明確的色情影像，比方說只是夢見一隻黑狗跑過黑暗的街頭，可以看見牠那火焰似的嘴巴喘氣，狗脖子上的鈴鐺響個不停，令我也為之亢奮，當鈴聲響到最高點時，我就射精了。

自瀆時，我抱著地獄般的幻想。有為子的乳房出現，有為子的大腿出現。而我變成難以比擬的醜陋小蟲子。

——我踢開被子爬起，從小書院後面偷溜出來。

鹿苑寺的後面，從夕佳亭更往東有不動山這座山。山上覆滿赤松，松樹之間除了有茂密的山白竹，還有齒葉溲疏、杜鵑等灌木。我對那座山已熟悉得連晚上也如履平地。如果爬到山頂，可以看見京都的上京區和中京區，甚至更遠處的叡山及大文字山。

我邁步上山。被驚起的鳥類拍翅聲中，我目不斜視地撥開樹枝上山。甚麼也不想的登山，似乎立時撫慰了我。抵達山頂時，清涼的夜風吹來，纏裹我汗濕的身體。

眼前的風景令我懷疑自己的眼睛。好不容易解除長期燈火管制的京都市，此刻放眼望去是一片燈海。戰後我從未在晚間登上此處，因此這一幕於我幾乎是奇蹟。

燈光形成一個立體。散布平面各處的燈光喪失了遠近感，唯有燈火形成透明的一大建築，生著複雜的角，張開翼樓，巍然矗立在黑夜中央。這才是所謂的大都市。只有皇居的森林宛如巨大黑洞沒有燈光。

遠方的叡山周邊至黑暗夜空之間，不時劃過閃電。

「這就是俗世。」我暗想。「戰爭結束了，在這燈光下，人們受到邪惡想法的刺激驅使。無數男女在燈下互相凝視，嗅到已逼近面前，如同死亡的行為的氣息。想到這無數燈光都是邪惡的燈，我的心就得到安慰。請保佑我心中的邪惡繁殖，大量繁殖，放出光芒，與眼前這片燈海一一呼應！請讓籠罩我心的黑暗，等同於這籠罩無數燈光的長夜黑暗！」

來參觀金閣的人數漸增。老師向市政府申請，因應通貨膨脹似地成功將門票漲價。

❖

以往來參觀的人，都是穿著軍服或作業服或農村勞動服，裝扮簡樸寒酸的零星客人。如今隨著占領軍的到來，俗世的淫亂風俗也群集在金閣周遭。另一方面，獻茶的習慣恢復，女人穿上之前四處藏起的華美衣裳走上金閣。在他們眼中的我們，我們穿僧衣的模樣，如今成了明顯的對照，就好像我們是突發奇想故意扮演僧侶。就好像我們是為了來看某地鄉野奇珍異俗的觀光客，刻意固守傳統風俗的居民。……尤其是美軍，毫不客氣地拽我的僧衣袖子哈哈大笑。或者掏出一些錢，說他想拍紀念照，叫我把僧衣借給他。這也是因為老導覽員不通英語，因此有時鶴川與我只好被抓去當半吊子的英文導覽。

戰後第一個冬天到了。某個周五晚上開始飄雪，周六也繼續下雪。上學期間，中午溜回來看雪中金閣成了我最大的樂趣。

下午依然有雪。我穿著雨鞋，肩上掛著書包，從參觀路徑來到鏡湖池畔。雪花飄落的速度悠緩。小時候我經常仰天張開大嘴，此刻也是。雪片頓時發出錫箔薄片互相撞擊的聲音，觸及我的牙齒，然後雪花就在溫熱的口腔中無限擴散，融入我的紅色血肉表面。那一刻我想到究竟頂上那隻鳳凰的嘴。那隻金色怪鳥肌理滑膩的熾熱鳥嘴。

雪讓我們像個少年人。更何況我就算過了年也才十八歲。即便我感到體內有少年人應有的躍動，那應該也不假吧？

金閣被大雪包覆之美，難以比擬。這座挑高建築屹立雪中，任由雪花吹入，纖細的柱子林立，以清新的本色佇立。

為何雪不會口吃？我思忖。有時雪花被八角金盤的葉片阻擋，也會口吃似地卡住一下才落地。但是沐浴著從毫無遮蔽的天空流麗飄落的雪花，我忘了心中的迂迴曲折，就像沐浴音樂般，我的精神又找回率真的律動。

事實上，拜這場大雪所賜，原本立體的金閣成了與世無爭的平面的金閣，畫中的金閣。兩岸的紅葉山枯枝幾乎撐不住積雪，樹林看起來比平時更赤裸。松樹處處積雪十分壯麗。結冰的池面上又堆了雪，也有些地方奇特地未積雪，白色的大塊斑點，如同裝飾畫的雲朵構圖大膽。九山八海石[29]和淡路島[30]也與結冰池面上的積雪相連，茂密的矮松看似從冰雪荒原中偶然生出。

無人居住的金閣，除了究竟頂和潮音洞的兩個屋頂，再加上漱清的小屋頂這三處白得顯眼的部分之外，晦暗的複雜木架在皚皚白雪中反而顯得黑色更生動，但就像我們看到南畫的山中樓閣，往往會驀然懷疑是否有人住在其中，忍不住把臉湊近畫面檢視，那古老的黑木色澤之鮮豔，也讓我懷疑金閣是否有人住在其中，忍不住想湊近一窺究竟。但我的臉就算湊近，恐怕也只會觸及雪花冰冷的畫絹，難以繼續接近。

究竟頂的門今天也朝著雪空敞開。仰望那個，我的心將飄落的雪片在究竟頂空無一物的小空間飛舞，最後停駐在壁面古老生鏽的金箔上就此斷氣，凝結成小滴金色露珠的過程逐一看個分明。

……隔天星期天早上，老導遊來叫我。

還沒到開放時間，就有外國士兵來參觀了。老導遊只好比手畫腳讓對方等著，來喊「會英文」的我。奇妙的是，我的英語比鶴川好，而且講英語時完全不會口吃。

玄關前停著一輛吉普車。爛醉的美國大兵扶著玄關的柱子，俯視我露出輕蔑的笑容。

雪霽天晴的前院白得耀眼。背對那耀眼白光，一身精瘦皮肉蠢動的青年，對著我的臉噴來白濛濛的呼氣還帶著威士忌的酒氣。一如往常，想像這種行事標準不同的人內心活動的情感令我不安。

我已決定毫不反抗，因此我說，雖然尚未到開放時間還是可以破例導覽，

29 根據古印度佛教的世界觀，世界中心聳立須彌山，周遭圍繞九座山與八片海。因此用盆景怪石做出類似景觀，象徵佛教世界。

30 此處的淡路島並非瀨戶內海的島嶼，而是金閣前方庭園造景的小島。

向他索取入場費和導覽費。高大的醉漢意外老實地付了錢。然後朝吉普車內探頭說話，大意是叫對方「出來」。

雪光反射很刺眼，因此我看不見吉普車昏暗的車內。車篷的採光窗中好像有白色的東西在動。我覺得像是兔子在動。

吉普車的踏台上，伸出穿著細高跟鞋的腿。這麼冷的天居然有人光著腿把我嚇了一跳。一眼便可看出那是專做外國大兵生意的妓女，穿著火紅色外套，手指甲和腳趾甲都塗成同樣的火紅色。外套下擺掀起時，露出有點骯髒的毛巾布料睡衣。女人也醉得兩眼發直。而且男的好歹還規矩穿著軍服，女的似乎是還沒睡醒就在睡衣外面隨便裹上圍巾和外套出門了。

雪光反射下，女人的臉孔異樣蒼白。幾乎毫無血色的肌膚，襯得口紅的緋紅色更顯毫無生命。女人一下車就打噴嚏，細瘦的鼻梁擠出小皺紋，酒醉疲憊的眼睛在一瞬間望向遠方，隨即又深深沉入泥沼底層。然後她把Jack發音成「架苦」，呼喚男人的名字。

「架苦，是金的！是金的！」

女人的聲音哀切地流過雪上。男人沒回答。

我第一次覺得這種風塵女子美麗。並不是因為她像有為子。二人處處都不同，就像仔細吟味之後描繪的肖像，刻意畫得和有為子似像非像。不知怎地，反而帶有抗拒有為子的記憶而形成的影像那種反抗式的新鮮美感。這是因為我對人生最初感到的美後來引發的慾望反彈，有點討好的味道。

她和有為子唯有一點相同。她倆都對沒穿僧衣、一身骯髒運動衣搭配雨鞋的我不屑一顧。

那天一大早，寺中人全體出動，辛辛苦苦把參觀路徑的積雪掃乾淨。如果來了大批團體客會很傷腦筋，但若是一般人數，已經清理出一條可以排成一列縱隊經過的道路。於是我領著美國大兵和女人走在前頭。

美國大兵來到池畔，眼前豁然開朗後，他張開大手，叫嚷著我聽不懂的話發出歡呼。還粗暴地搖晃女人身體。女人蹙眉，只說了一句，

「噢，架苦，是金的！」

美國大兵看著積雪的葉蔭間東瀛珊瑚的紅亮果實，問我那是甚麼，我只能

回答「東、英、山、戶」。他雖然身材魁梧，或許其實是抒情詩人，但那澄澈的藍眼令人感到殘酷。「鵝媽媽」這個外國童謠的歌詞提到，黑眼睛是惡意且殘酷的，或許人們寄託於異國風物來幻想殘酷是一種通病吧。

我照本宣科地介紹金閣。爛醉的士兵搖搖晃晃把鞋子脫下亂扔。我用凍僵的手從口袋掏出這種場合應該朗讀的英文說明書。但美國大兵從旁伸手搶過，開始怪聲怪調朗讀，已不需要我介紹了。

我倚靠法水院的欄杆，眺望反照耀眼的池塘。金閣內部從來不曾被如此令人不安地照亮過。

在我沒留神之際，去了漱清那邊的男女發生口角。爭執越演越烈，但我一句話都聽不懂。女人用強烈的言詞反擊，但我不知那是英語還是日語。二人只顧著吵架，已經忘記我的存在，又這麼走回法水院。

女人突然朝昂首痛罵的美國大兵狠狠甩了一巴掌。接著轉身就逃，穿著高跟鞋沿著參觀路徑朝入口拔腿飛奔。

我一頭霧水，連忙走下金閣跑到池畔。但等我追上女人時，人高腿長的美國大兵早已追到，一把揪住女人大紅色外套的胸口。

他保持那姿勢瞄了我一眼。揪住女人火紅色胸口的手輕輕鬆開。但他鬆開的那隻手蘊藏的力量似乎非比尋常。女人仰天向後倒在雪地上。火紅色的衣擺裂開，露出雪白的大腿。

女人並未試圖爬起來。她坐在地上，瞪視男人如在雲端高高在上的眼睛。我只好跪地作勢扶起女人。

嘿！美國大兵叫喊。我轉頭。他張開雙腳站立的身影就在眼前。他用手指朝我比劃。他的聲音忽然變得溫潤，用英語對我說：

「踩！你踩踩看！」

我不懂他在說甚麼。但他的藍眼睛從高處如此命令。在他的寬肩後方，積雪的金閣閃閃發光，碧藍如洗的冬日天空溫潤。他的藍眼睛沒有絲毫殘酷。那瞬間，為何讓我感到是世間最抒情的事物呢？

他的大手垂下，揪著我的領口讓我站起來。但他命令的聲音還是很溫潤，很和氣。

「踩！我叫你踩。」

我難以抗拒，只好抬起穿雨鞋的腳。美國大兵拍我的肩膀。我的腳落下，踩在柔軟如春泥的物體上。那是女人的腹部。女人閉眼呻吟。

「用力一點。更用力踩。」

我又踩。起初踩下時的異樣感，到了第二次已變成迸發的喜悅。我暗想，這是女人的肚子。這是女人的胸脯。他人的肉體竟然如此像皮球以誠實的彈力回應，完全超乎我的想像。

「可以了。」

美國大兵明確說。然後彬彬有禮抱起女人的身體，替她拍掉泥濘和雪花，之後直起身子扶著女人頭也不回地走了。女人直到最後都沒正眼看過我的臉。

走到吉普車旁，讓女人先上車後，美國大兵帶著酒醒的嚴肅神情對我道謝。他要給錢，我拒絕了。他從車座取出兩條美國香煙塞到我懷裡。

我在玄關門口的雪光反射中，臉頰發燙地佇立。吉普車濺起雪煙，慎重地搖晃著遠去。吉普車消失了。我的肉體亢奮勃起。

……好不容易平息亢奮時，我心頭浮現偽善的喜悅，愛抽菸的老師收到這份禮物不知會有多開心。他毫不知情。

一切都沒必要坦白。我只不過是受人命令被迫那樣做。如果當時我反抗了，我自己還不知會落到甚麼下場。

我去大書院的老師房間。手巧的副司正在替老師剃頭。我在朝陽燦爛的簷廊等候。

院子的陸舟松令積雪耀眼發光，就像摺疊起來的嶄新船帆。

剃頭的期間，老師閉眼雙手捧著紙，承接掉落的碎髮。隨著頭髮剃光，那顆腦袋的動物性輪廓越顯清晰。剃完頭後，副司拿熱毛巾包住老師的頭。過了一會取下毛巾。毛巾底下，露出一顆宛如新生、熱呼呼剛煮好的腦袋。

我終於開口稟報，遞出兩條契斯特（Chesterfield）香菸，恭敬叩首。

「噢。辛苦你了。」

老師說著露出一抹彷彿在自己臉孔外圍發笑的微笑。就只有這句話。那兩條香菸，被老師隨手疊放在極為事務性堆滿各種文件和信函的桌上。

副司開始替老師按摩肩膀，老師又閉上眼。

我只好退下。憤懣不滿令我的身體發熱。自己令人費解的惡行，被獎賞的香菸，毫不知情收下香菸的老師……這一連串關係，本來應該更劇烈、更痛切才對。老師這樣的人物竟然沒發現，成了我瞧不起老師的又一大理由。

但我要離開時被老師叫住了。他正想對我略施小惠。

「關於你，」老師說。「我打算等你一畢業，就送你去大谷大學。你過世的父親肯定也很擔心，所以你得好好用功，靠著好成績上大學。」

——這個消息，立時透過副司之嘴傳遍全寺。他們說老師主動提起上大學的事，證明我格外受到寄望。以前當徒弟的人為了上大學，必須連去住持房間一百天替住持按摩這才總算實現心願，類似這樣的故事太多了。鶴川是靠家裡付錢上大谷大學，他拍著我的肩膀替我高興。至於沒得到老師任何交代的另一名徒弟，從此再也不跟我說話。

第四章

後來我於昭和二十二年春天進入大谷大學預科時，我在老師不渝的慈愛及同僚的羨慕下，意氣風發地入學——才怪。在外人眼中或許是那樣。但關於我的入學，其實發生了一些令我不堪回首的事情。

那個下雪的早晨老師同意我就讀大學後，過了一周，我放學回來，發現那個沒有獲准上大學的徒弟喜孜孜地看著我。之前此人早已不跟我講話。

無論是寺中雜役或副司，對我的態度都一如往常。但我發現他們只是表面上裝得一如往常。

當晚，我去鶴川的寢室，訴說我覺得寺中人的態度怪怪的。鶴川起初也跟我一起納悶不解，但是不擅掩飾感情的他，最後一臉心虛地直視我。

「我聽那傢伙說，」他說出另一名徒弟的名字，「那傢伙也是聽人說的，因為他當時也去上學了，並不在場……總之在你上學期間，發生了怪事。」

我的心頭騷動不安。連忙追問。鶴川要求我發誓保密，然後才窺探著我的臉色娓娓道來。

據說那天下午，穿著緋紅色外套專做洋人生意的妓女來到寺中，要求會見住持。副司代替住持去玄關見她。女人破口大罵副司，堅持要見住持。這時正巧老師沿著走廊過來，看到女人，遂來到玄關門口。女人說，一周前那個雪霽天晴的早晨，她和美國大兵一起來金閣參觀時，寺中的小和尚拍美國大兵馬屁，在大兵推倒她後跟著踩她的肚子。當晚女人就流產了。所以女人想要點錢。否則就要向社會控訴鹿苑寺的暴行，把事情鬧大。

老師默默給錢，把女人打發走了。他知道當天的導遊不是別人正是我，但無人目擊我的惡行，因此老師說此事絕不能讓我知道。他決定不追究一切。

然而，寺裡的人從副司那聽說後，咸信我的確做出惡行。鶴川幾乎是含著眼淚拉起我的手。他用透明的眼神凝視我，少年人特有的純真聲調打擊我：

「你真的做出那種事嗎？」

……我直面自己的黑暗感情。是鶴川用這種追根究柢的質問逼我直面它。鶴川為何會這麼問我？是基於友情嗎？他是否知道，藉由這樣質問我，他放棄了自己真正的角色？他可知道這樣的質問，等於在我內心深處背叛我？

我應該已講過很多次了，鶴川等於是我的正片。鶴川如果忠實於他的角色，就不會質問我，他應該甚麼也不問，直接把我的黑暗感情如實翻譯成光明的感情。屆時，謊言變成真實，真實想必也會變成謊言。如果看到鶴川與生俱來的那種態度，那種把一切的陰影都翻譯成陽光下，一切的夜晚都翻譯成白晝，一切的月光都翻譯成日光，一切夜晚的青苔濕氣翻譯成白晝的閃亮嫩葉簌簌顫動的做法，我或許也會口吃著懺悔一切。問題是，此刻他偏偏就是沒有這麼做。於是我的黑暗感情得到了力量。……

我含糊地笑了。在沒有生火的寺中深夜。雙膝寒涼。古老的巨柱根根聳立，圍繞著竊竊私語的我們。

我之所以戰慄大概是因為寒冷。但是頭一次公然對這個好友撒謊的快樂，多少也令我穿睡衣的雙膝戰慄。

「我甚麼也沒做。」

「是嗎。那麼，那個女人是來騙人了。可惡。連副司都相信了。」

他的正義感漸漸高漲，甚至氣呼呼說明天一定要為我向老師解釋。那一刻在我心中，驀然浮現老師剛剃過宛如水煮蔬菜的腦袋。接著浮現的是他粉紅色無抵抗的雙頰。不知為何我突然對這樣的想像深感厭惡。鶴川的正義感，必須趁著尚未爆發前由我親手掩埋。

「可是老師會相信我做的事嗎？」

「誰知道。」鶴川頓時也沒輒了。

「不管別人再怎麼說壞話都沒用，老師全都默默看在眼裡，所以你大可安心。至少我是這麼想的。」

我只好說服鶴川，讓他明白如果他去解釋反而只會加深大家對我的猜疑。

我說，只有老師知道我是無辜的，所以才會決定一切不再追究。說著說著我的心頭萌生喜悅，喜悅逐漸根深蒂固。是「沒有目擊者。沒有證人」的喜悅……。

話說回來，我並不相信只有老師認為我是無辜的。毋寧正好相反。老師決定一切不再追究，反而證實了我這個推測。

說不定從我手中接過兩條香菸時，老師就已看穿一切。他之所以決定不追究，或許只是為了站得遠遠地靜待我自發的懺悔。不僅如此。他先拋出上大學這個誘餌，拿來和我的懺悔交換，如果我不肯懺悔，就用取消升學來懲罰我的不誠實，如果我懺悔了，或許會視我悔改的情況，這次特別開恩，照舊准許我上大學。而最大的陷阱，就是老師命令副司不准把這件事告訴我。如果我真的無辜，我自然可以無知無覺照常過日子。另一方面，如果我犯了惡行，而且還有些許智慧的話，完全可以模仿無辜的我應該會度過的純潔沉默的生活，也就是毫無必要懺悔的生活。不，只要模仿就行了。那是最好的方法，也是表明自身清白的唯一途徑。老師在如此暗示。他為我設下那個陷阱。……想到這裡，我很憤怒。

我當然也不是毫無辯解的餘地。當時如果我不踩女人，美國大兵說不定會掏出手槍威脅我的性命。我無法反抗占領軍。我做的一切都是被強迫的。

可我的雨鞋鞋底感受到的女人腹部，那諂媚似的彈力，那呻吟，那猶如被壓爛的肉體綻放的花朵，某種感覺的暈眩，那時女人內在朝我內在貫穿而來猶如幽微閃電的東西……我不能說連那種感覺都是被迫嘗到的。迄今我仍未忘記那甜美的瞬間。

老師早就知道我的感覺核心，那甜美的核心！

之後的一年，我就像籠中鳥。我的眼睛不斷看見牢籠。我一邊想著絕不懺悔，同時日日不得安寧。

真不可思議。當時絲毫不覺罪惡的行為，那個踩女人的舉動，在記憶中，竟然漸漸煥發光彩。不只是因為得知那個舉動造成女人流產。那個行為如沙金在我的記憶中沉澱，開始不斷放射出奪目的光芒。那是罪惡的光芒。是的。儘管只是微不足道的小惡，不知不覺我還是有了犯下惡行這個明確的意識。它如同勳章，掛在我的心頭。

……話說回來，現在實際的問題是，在報考大谷大學前，我只能不斷揣摩老師的意思，別無他法。老師從未說過要收回送我上大學的承諾。然而，他也未督促我念書準備入學考試。不管他說甚麼都好，我不知是怎樣苦等他的一句話！他卻惡意地堅守沉默，讓我受到長時間的拷問。而我也不知是因為害怕還是叛逆，始終不敢再次向他詢問我的升學問題。我曾和他人一樣懷抱敬意，也曾用批判眼光看待的老師，如今逐漸龐大得猶如怪物，再也不像是擁有人性化的心。儘管我一再試圖轉移目光，他仍舊存在，就像怪誕的城堡擋在眼前。

時間來到晚秋。老師受邀去某個老施主的喪禮，搭乘火車要二小時才能抵達，因此老師前一晚就宣布要在早上五點半出發。副司也會陪同前往。我們也為了配合老師出門的時間，四點就得起來掃地準備早餐。

副司伺候老師漱洗更衣之際，我們起床做早課誦經。

陰暗冰冷的庫裏[31]，不斷響起吊桶汲水的傾軋聲。寺中人忙著洗臉。後院的雞鳴宏亮，犀利劃破晚秋的破曉。我們合攏僧衣的袖子，急忙趕往客殿的佛壇前。

無人睡臥的寬闊榻榻米，在黎明前的冷空氣中，有種冷漠排斥一切的觸感。燭台的火焰搖曳。我們虔誠三拜。起身叩首，伴隨鉦聲一同坐下叩首。如是三次。

做早課誦經時，我總覺得那合唱的男聲生氣勃勃。一天之中，早課的誦經聲特別有力，那聲音的強大，吹散夜間的妄念，似乎從聲帶噴出黑色水花。我不知自己是如何。雖不知道，但是想到我的聲音也同樣噴濺男人的汙濁，我就奇妙地有了勇氣。

我們尚未用完早餐，老師出發的時刻已至。按照規矩，寺中人需在玄關前列隊送行。

天色未明。滿天繁星。從這裡到山門的路上，石板在星光中潔白延伸而去，巨大的櫟樹、梅樹、松樹的影子蔓延各處，影子與影子融合占據地面。我穿著破洞的毛衣，破曉的冷空氣從手肘滲入。

一切都在沉默中進行。我們默默行禮。老師幾乎毫無反應。唯有老師和副司的木屐聲，在石板路上喀喀喀地離我們遠去。目送對方直至完全看不見背影，是禪家的禮儀。

遠處可見的不是背影的全部。只有僧衣的白色下擺和白色布襪。有時我以為已經完全看不見了。沒想到背影只是被樹林的影子遮住。樹影彼端再次出現白色下擺和白色布襪，腳步聲的回音似乎反而越發響亮。

我們凝然目送這一幕。直到二人出了山門徹底消失，對送行者而言這段時間格外漫長。

當時我內心萌生異樣的衝動。就和我想說重要的話卻被口吃妨礙時一樣，這股衝動在我的喉頭燃燒。我渴望被解放。別說是母親昔日暗示我設法繼承住持之職的期望了，就連上大學的指望，此刻都沒了。我想逃離在沉默中的支配

31 庫裏，廚房，或指住持及家人的住處。

與壓迫。

這時我不能說完全沒有勇氣。但告白者的勇氣可想而知！二十年來始終沉默苟活的我，告白的價值可想而知。說我太誇張？抗拒老師的沉默，始終沒有坦白的我，或許是試驗了一下「惡是否可能」。如果我到最後都沒有懺悔，即便是小惡，惡也已是可能的。

但看著老師的白色衣襬和白襪在樹影中若隱若現，在破曉中逐漸遠去，我喉頭燃燒的力量，幾乎難以遏制。我想坦白一切。我想追上老師，拽住他的袖子，大聲將下雪那天的經過逐一稟報。絕非對老師的尊敬讓我萌生這種念頭。老師的力量，對我而言類似一種強大的物理性力量。

……但我如果和盤托出，人生第一次做的小惡行恐也將瓦解，這個念頭阻止了我，牢牢拽住我的背。老師的身影穿過山門，在未明的天空下消失了。

大家驀然被解放，吵吵鬧鬧跑進玄關。鶴川拍拍發呆的我肩膀。我的肩膀醒了。這瘦骨伶仃的貧瘠肩膀，又找回了驕傲。

❖

……雖有這樣的經過，前面也提到，結果我還是進了大谷大學。不需要懺悔。就在那數日後，老師把我和鶴川叫去，簡單扼要吩咐我們該開始準備考試，而且為了專心備考暫時免除寺中勞務。

於是我就這麼進了大學，但那並未結束一切。老師這種態度，依然甚麼都沒透露，我也完全摸不透他對繼承人的打算。

大谷大學。這是我人生中第一次親近思想——而且是我自由選擇的思想，成為我人生轉角的場所。

這所大學，最早起源於近三百年前，寬文五年將筑紫觀世音寺的大學宿舍遷移至京都的枳殼邸[32]內。之後長年作為大谷派本願寺子弟的修道院，到了本願寺第十五代常如宗主時，大阪的門徒高木宗賢捐獻錢財，卜算出位於洛北烏

32 枳殼邸，位於京都市下京區的東本願寺別邸。以庭園之美聞名。

丸頭的這個地點，在此建造校舍。占地一萬二千七百坪的面積，就大學而言並不算大。但不只是大谷派，各宗各派的青年皆來此地學習，進修佛教哲學的基礎知識。

老舊的紅磚大門，隔著電車道和大學操場，與西邊橫陳的比叡山相對。走進校門後，碎石子車道通往本館前的馬車下車處。本館是古老沉鬱的紅磚雙層樓房。玄關的屋頂上聳立著青銅做的瞭望台，說是鐘樓卻看不見鐘，說是時鐘台也沒有時鐘。那瞭望台在纖細的避雷針下，以空虛的方窗切割一方藍天。

玄關旁，有樹齡頗久的菩提樹。莊嚴的葉叢在日光照耀下映現紅銅色。本館歷經多次增建，各棟建築雜亂無章地相連，多半是老舊的木造平房，這所學校禁止穿鞋入室，因此各棟之間皆有快要壞掉的木板拼接在一起形成穿廊。只有在偶爾想起時才修理一下木板破損之處。因此從這棟去另一棟時，從最新的木色到最舊的木色，腳下踩的是各色深淺不一的拼木地板。

一如每所學校的新生，我每天懷著新鮮感上學，同時卻也忍不住胡思亂想。我只認識鶴川一人。難免只和鶴川一人說話。但鶴川似乎也覺得，難得來到新世界，如果還是二人整天膩在一起就失去意義了，於是過了幾天後，我們在休息時間刻意分開，試著開拓新的交友圈。但口吃的我連那種勇氣也沒有，因此隨著鶴川的朋友漸增，我卻越來越孤獨。

大學預科一年級，有修身、國語、漢文、華語、英語、歷史、佛典、論理、數學、體操這十項科目。論理課打從一開始就令我傷透腦筋。某日，上完那堂課到了午休時間，我想問早就看好的某個學生幾個課業上的問題。

這個學生總是獨來獨往，自己待在後院的花壇邊吃便當。那種習慣似乎是一種儀式，看起來食不下嚥的樣子也很孤僻，因此沒人靠近他。他也不和同學說話，似乎拒絕交友。

我知道這人名叫柏木。柏木最大的特色就是雙腳是嚴重的內翻足。走路相當艱難。總像在泥濘中行走，彷彿好不容易才把一隻腳拔出泥濘，另一隻腳又陷入泥濘。而且全身隨之躍動，步行成了一種煞有介事的舞蹈，全然失去了日常性。

打從一入學我就盯上柏木，自然不是沒道理。他的缺陷令我安心。他畸形的內翻足，打從一開始就意味著對我的生理缺陷的認同。

柏木在後院的三葉草原上打開便當。這個後院，面對空手道社和桌球社玻璃窗破裂幾乎荒廢的社團教室。有五、六棵瘦小的松樹，空蕩蕩的小木框。木框粉刷的藍色油漆已剝落，起了毛刺，像乾枯的人造花一樣翹起捲曲。一旁有兩三層放盆栽的架子，有成堆的瓦礫，也有風信子和櫻草的花圃。

妙就妙在他是坐在三葉草的草地上。光線被柔軟的葉片吸收，也有碎影蕩漾，彷彿那一帶從地面輕盈浮起。坐著的柏木，和行走時不同，只是與常人無異的學生。不僅如此，他蒼白的臉孔甚至有一種犀利的美感。肉體殘缺者和美女一樣有種無敵之美。殘疾者和美女都疲於被人觀看，也厭倦成為觀看的標的，被逼到最後，只能以存在本身回視對方。這是觀看者的勝利。吃便當的柏木垂著眼皮，但我感到他的眼睛已看盡自己周遭的世界。

他在陽光中自給自足。這個印象打動了我。在春光與繁花中，看他的樣子也知道，他沒有我感到的羞恥和心虛。與其說他是主張的影子，毋寧是存在的影子本身。陽光肯定無法從他堅硬的皮膚滲入。

他吃得專心，但是看起來非常難吃的便當很寒酸，和我早上在廚房自己裝的便當半斤八兩。昭和二十二年仍是不去黑市交易就無法攝取營養的年代。

我拿著筆記本和便當，站在他旁邊。便當被我的影子籠罩，柏木抬起頭。他看我一眼，又垂下眼皮，像蠶吃桑葉似地繼續單調的咀嚼。

「剛才上課有一點不懂的地方，我想向你請教。」

我結結巴巴用標準語說。我早就打定主意上大學後要講標準語。柏木冷不防說，

「我聽不懂你在說甚麼。結結巴巴的。」

我的臉紅了。他舔著筷子頭，又一口氣繼續說。

「你為何找我說話，我清楚得很。你叫做溝口是吧。兩個殘廢想交朋友是無所謂，但是和我比起來，你覺得自己的口吃有那麼重要嗎？你把自己看得太重要了。所以未免把口吃也當成自己一樣看得太重要了吧。」

後來得知他是同屬臨濟宗的禪寺之子，我才明白這第一次的交鋒，多少流

露出他的禪僧氣性，但我無法否認當下的確受到強烈的印象。

「你口吃吧！儘管口吃吧！」柏木對著啞口無言的我很好玩似地說。

「你終於遇到可以安心口吃的對象。是吧？人都是這樣尋找搭檔。撇開那個不提，你還是處男嗎？」

我板著臉點點頭。柏木的問話方式很像醫生，讓我覺得不撒謊才是為自己好。

「我想也是。你是處男。是一點也不美的處男。交不到女朋友，也沒勇氣花錢買春。如此而已。不過，如果你是抱著想找處男朋友的打算來找我，那你就大錯特錯了。我是怎麼脫離處男身分的，你想聽嗎？」

柏木不等我回答就開始敘述。

…………。

…………。

我是三宮近郊某禪寺的兒子，天生內翻足。……我這樣一表白，你或許會把我當成不管對象是誰就猛講家務事的可悲病人，但我可不是對誰都會講這種話。說來丟人，其實我也是打從一開始就選中你來告白。因為我的經歷八成對你最有價值，如果照我經歷過的方式去做，想必對你也是最好的路子。你應該也知道，宗教家就是這樣嗅出自己的信徒，禁酒的人也是這樣嗅出同志。

是的。我對自己的生理條件很難為情。我認為和那個條件和解、和平共處是一種投降。說到怨恨那我簡直太多了。我父母本該在我年幼時就替我做矯正手術。事到如今已經太遲。但我對父母漠不關心，我懶得去怨恨他們。

我相信自己絕不可能獲得女人青睞。想必你也知道，這是比別人想像的更安樂和平的確信。不與自己生理條件和解的決心，和這種確信，未必是矛盾的。因為，如果我相信在這種狀態下能夠得到女人的愛，相對的，我也會和自己本身的條件和解。我知道，正確判斷現實的勇氣，以及與那個判斷對抗的勇氣，很容易互相習慣。存在的同時，也會覺得自己在戰鬥。

這樣的我，無意像朋友那樣找妓女破除童貞，不得不說是理所當然。妓女並不是因為愛上客人才接客。無論對象是老人或乞丐，是獨眼或美男子，甚至在不知情的情況下大概連痲瘋病人也會照樣接客。若是一般人，或許會為這種平等性安心，嘗試第一次嫖妓。可我就是看不順眼這種平等性。五體俱全的男人和我以同樣資格被接待，這令我難以忍受，對我而言那才是可怕的自我褻瀆。如果無視我的內翻足這個條件，我的存在就會被否定，當時我也陷入你現在懷抱的這種恐懼。為了全面認可我的條件，想必需要比常人更挑剔數倍的準備。我想，人生無論如何都得是這樣形成的。

我們與世界處於對立狀態的可怕不滿，只要世界或我們改變應該就能被撫慰，但我厭惡渴望變化的夢想，成了特別討厭夢想的人。然而世界如果改變了，我也將不存在，我如果改變了，世界也會不存在，這種邏輯上的確信，反而像是一種和解，一種融合。因為「本來面目的我得不到愛」這種想法，能夠與世界共存。而殘疾者最後落入的陷阱，不是對立狀態的解除，而是以對立狀態的全面認同這種形勢發生。於是殘疾成了不治之症。……

就在這種時候，青春（我非常誠實地使用這個字眼）的我身上，發生難以置信的事件。我家寺院某施主之女，那個出了名美貌，畢業自神戶貴族女校的千金小姐，在偶然之下向我示愛。我好一陣子都懷疑自己的耳朵出了毛病。

我因為身懷不幸，特別擅長洞察人們的心理，因此我並未輕易將她的愛情動機歸因於同情而鬧彆扭。因為我很清楚，女人不可能只因同情愛上我。根據我的推測，她會愛上我其實是因為她格外強烈的自尊心。她充分了解身為一個大美女的價值，因此她無法接受自信十足的求愛者。她無法把自己的自尊心和求愛者的自戀放在天秤上衡量。越是世俗所謂的良緣她就越厭惡。因此她對愛情的各方面均衡有潔癖地迴避（就這點而言她是誠實的），最後就看上了我。

我的答案早已確定。你或許會笑，但我對她說，「我不愛妳。」除此之外我還能怎麼回答？這個答案是誠實的，沒有絲毫炫耀。如果因為女人的告白就自以為奇貨可居，做出「我也愛妳」的答覆，那我八成會太滑稽，幾乎顯得悲劇性吧。擁有滑稽外型的男人，再怎麼樣都很清楚如何明智地避免讓自己看起來很悲劇。因為我知道，如果看起來很悲劇，人們將無法再安心與自己接觸。不讓自己看起來窩囊，最重要的是為了他人的靈魂著想。所以我就乾脆地直說，「我不愛妳。」

女人聽了沒有慌張。她說我這個答覆是謊言。然後她為了不傷害我的自尊心，小心翼翼試圖說服我。對她而言，世上居然會有男人不愛她簡直超乎想像，就算真有這種人，這人顯然也是在自欺欺人。她就這樣精密地分析我，最後斷定，實際上我從以前就愛著她。她很聰明。假設她真的愛上我，那她等於愛上一個棘手的對象，如果她說我醜陋的外貌很美，八成會惹怒我，如果她說我的內翻足很美，我大概會更生氣，如果她說她愛的不是我的外表而是內涵，那我只會更火大。她事先都把這些列入考慮，然後才堅持說她「愛著」我。並且透過分析，從我內心找出與之對應的感情。

我對這樣的不合理很不服氣。其實我的慾望越來越強烈，但慾望不可能讓她與我結合。她如果愛的不是旁人而是我，就必須把我和旁人分開視為個體。那才真的只剩下內翻足這個特點。以此推論，她雖未明說，其實愛的是我的內翻足，但這種愛在我想來是不可能的。如果我除了內翻足還有其他的個別性，愛或許是可能的。但我如果認同除了內翻足之外還有其他的個別性和存在理由，那我等於輔助性地認同這個，其次，也等於相互輔助地認同了他人的存在理由，進而等於認同了被包容在世界中的自己。愛是不可能的。她以為愛上我，那只是錯覺，我也不可能愛上她。於是我反覆強調「我不愛妳」。不可思議的是，我越強調不愛她，她就越發深陷在她愛我的錯覺中。某晚，終於做出向我獻身的舉動。她的身體美得耀眼。但我不舉。這樣的嚴重挫敗，輕易解決了一切。似乎終於向她證明「我不愛她」。她離開了我。

我覺得那是恥辱，但和內翻足相比，任何恥辱都不值一提。讓我狼狽的是別的。我自知何以不舉。在那當下，想到我的內翻足碰觸她美麗的腳，我就萎縮了。這個發現，從內側瓦解了「我絕對不被人愛」這種確信帶來的平安。

因為那時，我萌生不正經的喜悅，本想藉由慾望，藉由慾望的實行，來證明愛的不可能，可是肉體背叛了我，肉體演出了我本想用精神做的事。我陷入矛盾。如果不怕用個俗氣的說法，我等於是仗著不被愛的確信在夢想愛情，可是到了最後階段，我拿慾望當作愛的代理為之安心。可是我知道，慾望本身要求我忘記我的生理條件，要求我放棄愛的唯一關卡——不被人愛的確信。我一直深信慾望應該是更明晰的，因此壓根沒想過有任何必要夢想自我。

從這時起，我對肉體的關心突然勝過精神。但我無法化身為純粹的慾望，只是幻想著它。它像風，是對方看不見的存在，而我這廂看見一切，隨著逐漸接近對象，無限愛撫對象，最後潛入內部。……說到肉體的自覺，你大概會想像那是關於具備某種質量、不透明的確然之「物」的自覺。可我不是那樣。我是作為一個肉體、一個慾望完成，那代表我成了透明的、看不見的，也就是成為風。

但是內翻足忽然來阻止我。唯有這個絕不可能透明。與其說它是腳，毋寧是一種頑固的精神。是作為比肉體更明確的「物」而存在。

人們或許以為不用鏡子就看不見自己，但所謂的殘疾，就是隨時杵在鼻尖前的鏡子。那面鏡子時時刻刻映出我的全身。不可能忘記。所以於我而言，世人所謂的不安，只不過是兒戲。不安並不存在。我如此存在，和太陽及地球、美麗的鳥兒、醜陋的鱷魚存在是同樣確定的。世界就像墓碑文風不動。

毫無不安，毫無線索，我獨創的生存方式由此開始。自己究竟為何而活？人會為了這種事感到不安，甚至自殺。而我一無所有。內翻足是我活著的條件，是理由，是目的，是理想……是生存本身。因為光是存在，於我已足夠。基本上存在的不安，本就是因為「自己並未充分存在」這種奢侈的不滿而產生的吧。

我盯上我們村子獨居的老寡婦。據說她六十歲，也有人說她更老。她亡夫忌日那天我代替父親去誦經，沒有任何親戚來，佛前只有這個老太婆和我。念完經，她請我去別的房間喝茶時，因為正值夏天，我請求讓我淋浴。老太婆從背後替赤裸的我澆水。她憐憫地看著我的腳出神時，我心中浮現一個計畫。

回到原先的房間後，我一邊擦身體，一邊煞有介事開始敘述。我說，在我出生時，母親夢見佛陀，說這孩子成人時，虔誠禮拜這孩子雙腳的女人便可往生西方極樂世界。虔誠的寡婦抓著念珠，定定凝視我的雙眼。我隨口胡亂念經，抓念珠的手在胸前合十，像屍體一樣赤裸著仰面躺下。我閉上眼。嘴裡依舊喃喃念經。

各位不妨想像我是如何憋笑的。我內心已經笑翻了。我絲毫沒有幻想自己。我知道老太婆正一邊念經一邊頻頻膜拜我的腳。我只想著自己被膜拜的腳，那種滑稽幾乎令我窒息。內翻足，內翻足……我滿腦子只有那個，腦海只浮現那個。那怪異的形狀。它置身的極端醜惡的狀況。那旁若無人的鬧劇。實際上頻頻磕頭的老太婆散落的細髮碰到我腳底，搔癢的感覺令我越發想笑。

以前，自從碰觸那美麗玉足令我陽痿後，我似乎就對慾望有誤解。因為這時，我發現自己在這醜惡的膜拜中竟然勃起了。在我對自己毫無幻想之下！在這種最不可容忍的狀況下！

我爬起來，猛然推倒老太婆。甚至無暇為老太婆毫不驚愕的態度感到奇怪。老寡婦保持被推倒的姿勢，動也不動地閉上眼繼續誦經。

奇妙的是，迄今我仍記得，當時老太婆念的是大悲心陀羅尼的一節。

伊醯伊醯。室那室那。阿羅嘇。佛囉舍利。罰沙罰嘇。佛囉舍耶。

你也知道的，根據「解釋」，這一節的意思是這樣的。

「恭迎菩薩。恭迎菩薩。恭迎滅絕貪嗔痴三毒之無垢清淨本體。」

在我眼前，是閉眼歡迎我的六十幾歲女人脂粉未施的黝黑面孔。我的亢奮絲毫未減退。這是最荒謬的鬧劇，我卻不知不覺被誘導。……

然而，我不能用不知不覺這種文學性的說法。我其實看到了一切。地獄的特色，就是鉅細靡遺清晰可見。而且是在黑暗中！

老寡婦皺巴巴的臉孔，不美，也不神聖。但那種醜陋和蒼老，似乎為我毫無夢想的內在狀態帶來不斷的確證。無論任何美女的臉孔，在沒有絲毫幻想時，誰能說不會變成這老太婆的臉孔！我的內翻足，和這張臉……對了，簡而言之是看見真相支撐了我的肉體亢奮勃起。我頭一次滿懷親和之情去相信我的慾望。而我知道，問題不在於我與對象之間的距離要如何縮短，問題在於為了讓對象成為對象，應該如何保持距離。

你看著好了。當時我根據「在停止的同時也到達」這個殘廢的論調，這個絕對不會不安的論調，發明了我的情色主義論調。發明了世人稱之為沉溺的類似虛構。類似隱身衣和風的慾望造成的結合，對我而言只是夢，我在觀看的同時，也不得不被仔細觀看。我的內翻足，與我的女人，在那一刻被扔到世界之外。內翻足和女人，都與我保持相同距離。真相在他方，慾望只不過是假象。而觀看的我，在假象中無限墜落，同時對著被觀看的實相射精。我的內翻足和我的女人，絕對不會互相碰觸或連結，彼此都被扔到世界之外。……慾望無限亢進。因為那美麗的玉足和我的內翻足，已經永遠不用互相碰觸了。

我的想法很難理解嗎？需要說明嗎？但我從此安心，開始相信「不可能有愛」，這你應該也能理解吧。沒有不安。也沒有愛。世界永遠停止，同時也到達。這個世界有必要特地註明是「我們的世界」嗎？對於世間關於「愛」的迷茫，我可以用一句話定義。那就是假象試圖與實相連結的迷茫。——後來，我發現我認定絕不可能被愛的確信，是人類存在的根本樣態。這就是我破除處男之身的經過。

……………。

……………。

柏木說完了。

我這個聽眾終於鬆口氣。我受到強烈的感動，接觸到過去壓根沒想過的想法，令我無法從那種痛苦醒來。柏木講完後，過了一會，春日陽光才在我周遭甦醒，明媚的三葉草地閃閃發亮。後方籃球場那邊的叫喚聲也重新出現。一切仍是同樣的春日正午，意義似乎卻已截然不同了。

我不能一直保持沉默，於是為了接腔，我結結巴巴說出蠢話：

「那你從此就很孤獨吧。」

柏木又惡意裝出聽不懂的樣子，逼我再說一次。但他的回答帶有幾分親暱。

「孤獨？我幹嘛非得孤獨不可？之後的我是怎樣，等你和我來往久了自然會明白。」

午後的上課鈴聲響起。我想起身。柏木卻依然坐著，使勁拉扯我的袖子。我的制服是拿禪門學院時的衣服修改，只換了扣子，布料老舊，早已磨損。而且衣服太小，讓我瘦弱的身型看起來更矮小。

「這堂是漢文課吧？多無聊啊。不如去附近散步吧。」

柏木說著，像是要把拆散的身體重新組合起來似地費盡力氣才站起來。那讓我想起在電影中看過的駱駝的起坐。

我從未翹過課，但是想進一步了解柏木的念頭，令我無法錯失這個機會。我們朝正門邁步走去。

走出正門時，柏木獨特的走路方式忽然勾起我的注意，令我萌生近似羞恥之感。自己竟然這樣附和一般人的感情，恥於與柏木同行，是件很奇異的事。

柏木讓我清楚發現我何以羞恥。同時也促使我走向人生。……我所有潛在的感情，所有的邪念，都被他的話語陶冶，變成一種新鮮的東西。或也因此，我們踩著碎石子走出紅磚大門時，正面看見的比叡山在春光中格外翠綠，彷彿今日初見此山。

那和我周遭沉睡的許多事物一樣，似乎也帶著嶄新的意義重現。叡山頂端兀然聳立，但山腳無限延伸，彷彿一個主題的餘音裊裊縈繞不絕。低矮的連綿屋頂彼方，可以看見叡山的山壁折縫陰影，只有在那部分，山腹帶著春色的深淺明暗埋在暗藍色之中，因此格外突顯那塊，看似近在眼前特別鮮明。

大谷大學門前行人寥落，汽車也不多。從京都車站前開往烏丸車庫前的市電軌道，也只是偶爾傳來電車的動靜。馬路對面有大學操場的舊門柱，和這邊的正門相對，左邊是成排剛發嫩葉的銀杏樹。

「去操場逛一逛吧？」柏木說。

他帶頭先走過電車道。全身猛烈抖動，幾乎如水車狂奔穿越不見車輛的車道。

操場很大，有幾群學生不知是翹課還是臨時停課，正在遠處玩接球，近處有五、六人練習馬拉松。戰爭才剛結束兩年，青年們已迫不及待再次消耗精力。我想起寺中貧瘠的餐點。

我們坐在快要腐朽的鞦韆原木上，漫不經心望著在橢圓形操場上跑近又跑遠的馬拉松練習者。從周遭的日光和微風，可以感受到翹課時間那種宛如新襯衫上身的觸感。跑者們氣喘吁吁地成群結隊徐徐接近，隨著疲勞逐漸凌亂的腳步聲，揚起滿天塵埃後又漸漸遠去。

「真是一群笨蛋。」柏木絲毫聽不出死鴨子嘴硬地說。「那種樣子算甚麼？表示他們很健康嗎？對人炫耀健康又有甚麼價值？

到處都有人公開運動呢。簡直是末世的徵兆。該公開的一點也不公開。我所謂該公開的……也就是死刑。為什麼死刑不公開呢？」他像夢囈似地繼續說。「戰時的安寧秩序，不就是靠著公開人們的橫死才保住的嗎？死刑不再公開執行，據說是因為顧慮到那樣會令人心殺伐太重。簡直莫名其妙。空襲期間收拾屍體的人，看起來還不是都很善良快活。

看到人們的苦悶與鮮血與痛苦呻吟，其實可以讓人更謙虛，讓人心更纖細、開朗、和諧。我們絕非在那種時候變得殘虐或殺伐氣太重。我們突然變得殘虐，你不覺得其實是在這種風和日麗的春天午後，修剪整齊的草皮上，茫然望著樹梢灑落的光影嬉戲的瞬間嗎？

世界上的所有惡夢，歷史上的所有惡夢都是這樣產生的。可是在白晝之下，人們滿身鮮血痛苦掙扎的模樣，帶給惡夢清晰的輪廓，讓惡夢變得物質化。惡夢不再是我們的苦惱，只不過是他人劇烈的肉體痛苦。可是他人的痛楚，我們感受不到。這是何等的救贖！」

然而，如今比起他這種血腥的評斷（當然那自有其魅力），我更想聽他破除處男之身後的性愛經歷。前面也提過，我一直從他身上期待「人生」。我忍不住插嘴，暗示這樣的問題。

「你說女人？哼。最近我憑直覺就能分辨出會喜歡內翻足男人的女人了。世上就是有這種女人。她們說不定會把喜歡內翻足男人的癖好隱瞞一輩子，死後也把祕密帶進墳墓。那就是那種女人唯一的惡俗趣味，唯一的夢想。

這個嘛，有個方法倒是能夠一眼分辨出喜歡內翻足的女人。那種人多半是大美女，鼻子冷漠尖銳，可是嘴巴有點輕浮……」

這時一個女人從對面走來。

第五章

那個女人不是走在操場中。操場外側有道路銜接住宅區。路面比操場的地面低了約莫二尺。她就是沿著那條路走來。

女人是從宏偉的西班牙式宅邸的側門走出。那棟豪宅有兩個煙囪，斜格子玻璃窗，還有寬敞溫室的玻璃屋頂，一眼就給人脆弱易碎的印象，但沿著路旁靠操場那側聳立高高的鐵絲網（當然，那肯定是因屋主抗議才設置的）。

柏木與我坐在鐵絲網外的鞦韆滚木上。窺見女人的臉孔後我當下愕然。因為那高雅的容貌，和柏木向我解說的「喜歡內翻足」的女人長相一模一樣。但事後我覺得這種驚愕很可笑，柏木說不定老早就見過那張臉，暗自幻想過。

我們等著女人走過來。春日陽光普照，對面有深藍色的比叡山峰，有朝這邊逐漸走近的女人。我仍然沉醉在剛才柏木說他的內翻足與他的女人如兩顆星辰，互不相觸地散布在實相世界，他自己雖被無限掩埋在假象世界同時卻能實現慾望的這種奇怪論調，以及這番話帶來的感動中。這時流雲蔽日，我與柏木籠罩在稀薄的陰影中，我們的世界，頓時彷彿暴露了假象的面貌。一切都是曖昧的灰色，我自己的存在也變得曖昧不明。似乎只有遠方比叡山的藍紫色山頂，以及緩緩走來的高雅女子這兩者在實相世界閃耀，確實地存在。

女人的確走來了。但時間的推移就像是漸增的痛苦，女人雖然走近，那種毫不相干的他人面貌，也隨之逐漸鮮明。

柏木站起來。在我耳邊用沉重、刻意壓低的聲調囁嚅。

「走吧。照我說的做。」

我不得不走。我們沿著距離女人走的道路二尺高的石牆，和女人平行地朝同一方向走。

「從那邊跳下去！」

柏木用尖尖的指尖推我的背部。我跨過低矮的石牆，跳下道路。二尺的高度不算甚麼。但是緊接著，內翻足的柏木發出可怕的聲響摔在我身旁。當然，他是跳下來時沒站穩才摔倒的。

黑色制服的背部在我眼下劇烈起伏，他趴伏的身影看起來不像人。一瞬間，那彷彿是無意義的黑色巨大汙點，是雨後路面的混濁水窪。

柏木就摔在女人走來的前方。於是女人停下腳。等我終於跪地想扶起柏木時，她冷漠高挺的鼻子，略顯輕浮的嘴巴，水汪汪的眼睛，那些全部都在一瞬間讓我看到月下的有為子的影子。

但幻影倏然消失，未滿二十歲的女人用輕蔑的眼神看著我，打算逕自走過去。

柏木比我更敏感地察覺她那種動靜。他頓時叫了起來。那可怕的叫喊，在正午人跡稀少的住宅區回響。

「太無情了！妳要丟下我不管嗎？我可是為了妳才變成這樣！」

女人轉過身來微微顫抖。她用乾燥纖細的指尖摩挲自己失去血色的臉頰。最後勉強問我。

「那我該怎麼做？」

已經抬起頭的柏木，正面凝視女人，一字一句明確地說：

「妳家好歹應該有藥吧？」

女人沉默片刻，轉身又朝來時的方向走回去了。我扶起柏木。扶起之前，他非常沉重、疼痛地猛喘氣，但我讓他搭著我的肩膀邁步時，卻發現他的身體動作意外輕盈。……

——我一路跑到烏丸車庫前的車站。跳上電車。電車駛向金閣寺時，我終於鬆了一口氣。我的手心都是汗。

之前我扶著柏木，就在女人率先走入那西班牙式洋房的側門時，我忽然一陣恐懼，把柏木扔在那裡就頭也不回地逃了。甚至無暇去學校。我跑過幽靜的步道。我跑過藥店、糕餅店、電器行的門前。那時，我的眼角忽然瞥見紫色和紅色的東西閃過，我想當時我大概正跑過黑色圍牆上掛著成串梅缽徽紋的燈籠，大門也圍著紫色布幔綴有梅缽徽紋的天理教弘德支教會的門前。

連我自己也不知道正趕往何處。電車徐徐接近紫野時，我才發現自己急著想去金閣。

雖非假日，但正值觀光季節，那天來金閣的人很多。導覽老人訝異地看著我撥開人群趕往金閣前。

我就這樣來到滿天塵埃與醜陋群眾圍繞的春日金閣。導覽員的大聲解說中，金閣總是將它的美半隱半現，看似有點裝糊塗。唯有池面倒影澄澈明淨。但是換個角度看，也像被〈聖眾來迎圖〉的眾菩薩簇擁迎接的彌陀，灰撲撲的浮雲，好似籠罩諸菩薩的金色祥雲，金閣被塵埃弄得昏暗不清的模樣，也像是老舊褪色的顏料，或者磨損的圖案。這種混雜與喧鬧，被細柱林立的內部過濾乾淨，也被吸入細小究竟頂及頂端鳳凰逐漸尖起相接的白色天空，說來並不奇怪。建築光是存在，就統制、規制了一切。周遭越是喧鬧，西有漱清，兩層之上有驟然變細的究竟頂的金閣這座不均整的纖細建築，就越是能夠發揮過濾器把濁水變清水的作用。金閣沒有拒絕人們竊竊私語的嘈雜，它讓嘈雜聲滲入挑高的細柱之間，最終過濾成一片寂靜，一片澄明。而金閣，不知不覺在地上也已成就和池面文風不動的倒影同樣的東西。

我終於放鬆心情，恐懼漸消。於我而言，美就必須是這樣。它從人生遮斷我，從人生保護我。

「我的人生如果像柏木那樣，還請保佑我。因為我絕對無法承受。」

我幾乎是在祈求。

柏木向我暗示、在我面前當場演出的人生中，生存與破滅只有同樣的意義。那種人生欠缺自然感，也欠缺金閣這種構造之美，說穿了只不過是一種令人心痛的痙攣。雖然那的確很吸引我，我也從中看清了自己的方向，但是必須先被布滿棘刺的生命碎片扎得滿手鮮血讓我很害怕。柏木對本能和理智抱著同樣程度的輕蔑。就像形狀怪異的皮球，他的存在本身四處亂滾，企圖撞破現實的牆壁。那甚至不算是一種行為。簡而言之他暗示的人生，是為了打破用未知的變裝欺騙我們的現實，清掃世界讓世界再也不含任何未知的危險鬧劇。

之所以這麼說，是因為後來我在他的宿舍看到這樣的海報。

那是旅行協會描繪日本阿爾卑斯山的精美石版印刷，浮現藍天的雪白山頂，橫向印著「未知的世界，正向你招手！」這行鉛字。柏木用鮮豔的紅筆打個大叉叉，塗掉那行字和山頂，一旁用他龍飛鳳舞令人聯想到內翻足步伐的字體寫著，

「未知的人生難以忍受」。

翌日我一邊擔心柏木一邊去上學。當時丟下他獨自逃走的行為，回想起來也算是友情深厚的行為了，因此並不覺得有甚麼責任，但我還是擔心他今天是否會來教室上課。不過就在即將上課的前一秒，我看到柏木一如往常，不自然地聳著肩膀走進教室。

下課時間我立刻拽住柏木的手臂。這種快活的舉動，我已經很少做了。他歪起嘴角一笑，隨我走到走廊。

「你的傷還好嗎？」

「傷？」——柏木憐憫地笑著看我。「我甚麼時候受傷了？啊？你該不會是做夢夢見我受傷吧？」

我當下啞然。柏木賣了半天關子後才坦白。

「那是演戲啦。我練習過很多次怎樣摔到那條路上，是精心設計過如何誇張地摔倒可以讓自己看起來像是骨折。不過那女人若無其事地想走開倒是出乎我的意料。但你等著看好了。那女的已經快愛上我了。錯了。應該說，是快要愛上我的內翻足。她親手替我的腳塗滿碘酒。」

他撩起褲腳，給我看染成淺黃色的小腿。

那時我以為看到了他的詐術，但他故意假裝摔倒在路上，固然是為了引起女人的注意，可他該不會也想假藉受傷來掩飾他的內翻足吧？不過這個疑問並未讓我瞧不起他，反而更增一份親密。我的感想就像一般青年，但他的哲學越是充滿詐術，似乎就越證明他對人生的誠實。

鶴川並不樂見我與柏木打交道。他對我提出充滿友情的忠告，可我只嫌他囉嗦。不僅如此，我還提出反駁，振振有詞說鶴川或許能交到益友，可我這種人就只適合和柏木在一起。當時鶴川眼中流露難以形容的悲色，日後想起不知有多麼令我悔恨。

❖

五月到了。柏木討厭假日人潮，計畫在平常日子翹課去嵐山玩。他頗有一貫作風地說，如果是晴天就不去，陰天的話就去。他會帶那個西班牙式洋房的小姐去，並且替我安排了他的房東女兒當女伴。

我們在通稱為嵐電的京福電鐵北野車站會合。當天很幸運的是個五月難得一見的陰天。

鶴川家裡似乎有甚麼糾紛，請假一周回東京去了。他當然不是會告密的人，但我還是很慶幸躲過了早上一起上學必須半路不告而別的心虛。

是的。那次遊山的回憶令我痛苦。雖然一行人都很年輕，可是年輕具備的陰暗和煩躁、不安、虛無感，似乎無限妝點了那趟嵐山一日遊。而柏木想必早就預料到一切，所以才選擇那種天空陰霾的日子。

那天吹的是西南風，有時風勢才剛增強就倏然靜止，轉為不安的微風聒噪。天空雖陰霾，但並非完全看不見太陽。部分雲層就像層層疊穿的領口隱約露出一抹雪白酥胸般放出白光，那白色模糊的深處，就是太陽所在的位置，但是隨即又融入陰霾天空的整片暗色中。

柏木的承諾果然不假。他真的在兩個年輕女子的護送下現身車站剪票口。其中一人的確是那個女人。那個有著冰冷高挺的鼻子，輕浮的嘴巴，進口布料做的洋裝肩頭掛著水壺的美女。在她前面是身材略胖的房東女兒，衣著和容貌都相形見絀。唯有小巧的下巴和緊抿的嘴唇流露少女的氣質。

去程在車上，本該愉快的遊山氣氛就已被破壞。詳細內容我聽不清楚，總之柏木和千金小姐一路都在吵架，千金小姐不時咬唇似在強忍淚水。房東女兒對一切漠不關心，自顧著低聲唱流行歌。女孩突然對我這樣說。

「我家附近住了一位漂亮的插花老師，上次，她告訴我一段悲傷的愛情故事喔。戰時插花老師本來有戀人，是陸軍軍官，眼看即將上戰場，兩人在南禪寺倉促見了一面當面訣別。雖然父母反對這樁婚事，但在訣別不久之前，他們連孩子都有了，可惜胎死腹中。軍官也悲嘆不已，最後說，臨別之際，至少我想喝一口妳身為母親的乳汁。由於沒時間，插花老師只好當場將乳汁擠在清茶中讓軍官喝下。結果過了一個月之後，她那個戀人就戰死了。從此插花老師就在這邊堅持守寡，獨自生活。可惜她年紀輕輕，長得如花似玉。」

我幾乎懷疑自己的耳朵。戰爭末期在南禪寺山門，我和鶴川看到那難以置信的情景重現腦海。我刻意沒對女孩提起那段回憶。因為如果我說出來，剛剛聽到這故事時的感動，似乎會背叛當時的神祕感動，可我若絕口不提，剛才的故事不僅無法解開神祕的謎底，毋寧會變成雙重的神祕構造，令它更深刻。

電車這時駛過鳴瀧一帶的大片竹林旁。竹子在五月凋零的季節已泛黃。吹過林梢的風，讓枯葉簌簌落在密集的竹林中，根部卻像毫不相干，直到最深處都只有粗大的竹節雜亂交錯一片死寂。唯有電車駛過時，近旁的竹子誇張地搖晃彎曲。其中有一根特別年輕、青翠的竹子烙印眼底。那根竹子彎曲的模樣，彷彿某種妖豔的奇異運動，在我眼中留下深刻印象，漸漸遠去，終於消失……。

抵達嵐山，我們一行人來到渡月橋畔，參拜過去沒留意過的小督局[33]之墓。

小督局忌憚平清盛，藏身嵯峨野，源仲國奉天皇敕令去找她，在仲秋滿月之夜，根據隱約傳來的琴聲，找到她藏身之處。那首琴曲是「想夫戀」。謠曲「小督」中提及，「明月當空，參悟佛法，忽聞琴音。疑為山嵐或松風，卻是欲尋者之琴音，探問此曲為何，道是想念夫君故名想夫戀，甚喜之」，但小督局後來也在嵯峨野的庵中悼念死去的高倉天皇，就此度過後半生。

墓塚位於小徑深處，只不過是夾在高大的楓樹和腐朽不堪的老梅樹之間的小石塔。我與柏木神情肅穆地簡短誦經膜拜。柏木異常認真冒瀆的誦經方式也感染了我，我就像一般學生哼歌那樣漫不經心地誦經，但這小小的不敬徹底解放了我的感覺，讓我頓時生龍活虎。

33 小督局，中納言藤原成範之女（也有人説她是藤原通憲之女），受到高倉天皇寵愛。在皇后的舉薦下入宮，卻被皇后的父親平清盛視為眼中釘，只好隱居嵯峨野。

「優雅的墳墓看起來往往很寒酸呢。」柏木說。「政治權力或金錢力量會留下氣派的墳墓。造得富麗堂皇。他們生前毫無想像力，因此墳墓也是毫無想像力的傢伙建造的。但是優雅的人，只靠自己和他人的想像力生活，因此會留下這種只能依靠想像力的墳墓。我認為這樣更窩囊。因為死後也得繼續乞求人們的想像力。」

「優雅只存於想像力之中嗎。」我快活地接腔。「你所謂的實相，優雅的實相是甚麼？」

「是這個。」柏木用手掌拍打長滿青苔的石塔頂端。「石頭，或者白骨，人死後剩下的無機質部分。」

「聽起來很像佛教的論調。」

「這哪有甚麼佛不佛教的。優雅，文化，人類思考的美，這些東西的實相全都是荒蕪無機的。這雖非以石庭出名的龍安寺，但也不過是石頭。哲學？那也是石頭，藝術？那也是石頭。說到人類有機的關心，不是很可悲嗎，竟然只有政治。人類真是自我褻瀆的生物啊。」

「性慾又是哪一種呢？」

「性慾？應該是介於中間吧。在人類與石頭之間堂而皇之捉迷藏。」

我當下就想反駁他對美的想法，但兩個女人已受夠了議論，打算折返小徑，我們只好隨後跟上。從小徑眺望保津川，那是渡月橋北宛如堤堰的部分。對岸的嵐山綠意蒼鬱，可是唯獨河的那部分，生機勃勃的水花噴濺連成白色一線，水聲響徹四周。

河上小船不少。但我們沿著河邊道路前進，走進盡頭的龜山公園大門時，只見紙屑散落，我們這才發現今天公園內遊客稀少。

我們在大門處轉身，再次眺望保津川和嵐山的葉櫻風景。對岸有小瀑布。

「美景就是地獄。」柏木又說。

柏木這種說話方式，在我看來似乎是隨口胡說。不過，我也效法他，試著把那景色當成地獄眺望。這番努力沒有白費。眼前籠罩在嫩葉中安靜平凡的風景，也有地獄搖曳。地獄，似乎不分日夜，隨時隨地都會隨心所欲地出現。當我們隨意呼喚時，它似乎就會立刻存在。

據說是十三世紀移植吉野山櫻花的嵐山櫻花，已經悉數花落冒出新葉。花季過後，花在此地，只不過像死去美人的名字被人叫喚。

龜山公園最多的是松樹，因此在這裡，四季更迭也不會改變色彩。這是個地形起伏劇烈的廣大公園，每棵松樹亭亭伸展，相當高的地方都沒葉子，這麼多數不清的光禿樹幹不規則交錯，讓公園的遠近感變得不確定。

忽上忽下的寬路迂迴環繞公園，到處都有樹墩、灌木和矮松，巨岩白色的表面半埋土中，姹紫嫣紅的杜鵑花開滿無數花朵。那色彩在陰霾天空下看似帶有惡意。

窪地設置的鞦韆有年輕男女坐著，我們從旁走上坡，在小丘頂端的傘狀涼亭休息。從那裡東可眺望公園全貌，西可俯瞰樹木掩映下的保津川。鞦韆吱呀作響，不斷如磨牙似地傳來涼亭。

千金小姐打開包袱。柏木說不用帶便當果然沒騙我。包袱裡有四人份的三明治，難以入手的進口零食，最後出現的，是只供應進駐軍所需，因此老百姓只能去黑市購買的三得利威士忌。當時京都號稱京阪神地區的黑市買賣中心。

我平日幾乎滴酒不沾，但這時我和柏木合掌行禮後，接過對方遞來的玻璃杯。兩個女人喝水壺裡的紅茶。

對於千金小姐和柏木如此親密的關係，我至今仍半信半疑。我不明白這個看似高傲難伺候的女人，為何會與柏木這種內翻足的窮學生要好。彷彿要解答我這個疑問，柏木喝了兩三杯酒之後開口了。

「剛才我們不是在電車上吵架嗎？那是因為她被家人嘮叨，逼她嫁給討厭的男人。她變得很軟弱，已經快要妥協了。所以我說我要徹底破壞那樁婚事，對她又哄又威脅。」

這種話，本來不該在當事人面前說，但柏木就像一旁的千金小姐不在場似地坦然說出。千金小姐聽了之後，表情也沒有任何變化。柔韌的脖子戴著陶片串成的藍色項鍊，背對陰霾的天空，蓬鬆的頭髮輪廓柔化了那過於鮮明的五官。眼睛太過水汪汪，因此顯得只有眼睛格外性感赤裸。輕浮的嘴巴一如往常微微開啟。從雙唇之間的縫隙，乾燥雪白地露出細小尖銳的牙齒。給人的感覺就像小動物的牙齒。

「好痛！好痛！」柏木忽然弓身按住小腿呻吟。我慌忙低頭想幫他，但柏木推開我，朝我使了一個帶著奇妙冷笑的眼色。我收回手。

「好痛！好痛！」柏木呻吟的聲調相當逼真。我不禁望向一旁的千金小姐。她的臉上出現明顯的變化，眼神失去鎮定，嘴巴性急地顫動，唯有冷漠高挺的鼻子不為所動，形成奇異的對比，打破了臉上的和諧與均衡。

「忍忍！忍一忍！我現在幫你治療！馬上就好！」——我第一次聽見她旁若無人的高亢聲音。千金小姐伸長脖子，作勢環視四周，忽然屈膝跪倒在涼亭的石板上，抱住柏木的小腿。她竟拿臉頰摩挲，最後甚至親吻柏木的小腿。

我再次感到當時那種恐懼。我望向房東女兒。那女孩看著別處還在哼歌。

……這時陽光似乎從雲間漏下，但也可能只是我的錯覺。不過，安靜的公園全景構圖產生違和感，籠罩我們的澄明畫面中，那片松林，粼粼波光，遠方群山，白色岩壁，星星點點的杜鵑花……就連被這些東西塞滿的畫面角落，似乎都出現整片龜裂的細紋。

實際上，該發生的奇蹟似乎真的發生了。柏木逐漸停止呻吟。他抬起頭，將要抬頭時，又朝我投來冷笑的一瞥。

「治好了！真不可思議。只要妳這麼做，每次都能夠止痛。」

他說著用雙手捧起女人的頭髮。被抓住頭髮的女人，用忠犬的表情仰望柏木露出微笑。在白濛濛的光線影響下，這一瞬間，美麗的千金小姐的臉孔，在我看來就像柏木之前說的那個六十幾歲老太婆的臉孔。

——但達成奇蹟的柏木變得很快活。快活得幾乎瘋狂。他放聲大笑，當下把女人抱到膝上接吻。他的笑聲在窪地的松林樹梢之間回響。

「你為什麼不去泡妞？」他對沉默的我說。「枉費我好心替你也帶了一個女孩來。難不成你是怕口吃被笑不好意思？口吃吧！儘管口吃吧！她說不定也會愛上口吃。」

「你口吃？」房東女兒似乎這才發現，說道。「那三個殘廢[34]已湊齊兩個

34　三個殘廢，狂言戲碼之一。描述三個賭徒分別偽裝成瞎子、啞巴和不良於行者，在慌亂之下竟搞錯各自扮演的角色。

了嘛。」

這句話強烈刺痛我，令我忍無可忍。然而奇異的是，對女孩的憎惡，竟伴隨某種暈眩，直接轉為突如其來的慾望。

「兩組人馬各自找地方躲起來吧。兩小時之後再回這個涼亭集合。」

柏木俯瞰還沒玩膩鞦韆的男女，如此說道。

和柏木及千金小姐分開後，我與房東女兒從涼亭所在的山丘朝北走下去，又朝東方迂迴登上徐緩的坡道。

「那人把千金小姐捧成了『聖女』呢。每次都用那一招。」

女孩說。我結結巴巴反問。

「妳怎麼知道？」

「這還用說，我也和柏木先生有關係呀。」

「你們現在已經毫無瓜葛了吧？不過，真虧妳能沉得住氣。」

「我才不在乎。那種殘廢，沒救了。」

這句話反倒讓我有了勇氣，流利地繼續反問。

「妳不也喜歡過那傢伙的殘廢嗎？」

「少來了，那種青蛙腿誰喜歡啊。我嘛，我想想喔，我只是覺得他的眼睛很漂亮。」

這下子我又失去自信。因為不管柏木怎麼想，女人都會愛上柏木自己沒察覺的良才美質，可我自認對自己瞭如指掌的傲慢，卻只對自己拒絕這種良才美質的存在。

——我和女孩走上坡頂，來到閑靜的小片原野。從松樹和杉樹之間，隱約可窺見大文字山、如意岳等遠方群山。竹林覆蓋從這丘陵至市區之間的斜坡，竹林外圍，有一棵遲開的櫻樹，櫻花尚未凋零。那花開得太遲，甚至令人懷疑該不會是結結巴巴開花才會開得這麼晚。

我的胸口發悶，胃部沉甸甸的。不是因為喝了酒。到了緊要關頭，慾望增加分量，擁有脫離我肉體的抽象構造，重重壓在我肩頭。彷彿黝黑又沉重的鐵製機床。

正如前面也一再提到的，我很重視柏木促使我走向人生的親切或者惡意。中學時代曾把學長的短劍劍鞘刮出傷痕的我，早已在自己身上明確看見，我無權站在人生的光明面。而柏木是第一個教我如何走黑暗的捷徑從背面抵達人生的朋友。那乍看通往毀滅，卻又充滿意外的手段，把卑劣直接變為勇氣，把我們所謂的惡德再次還原為純粹的能量，甚至堪稱一種煉金術。即便如此，事實上那終究還是人生。可以前進，獲得，推移，喪失。即使談不上典型的生，至少具備生的一切機能。如果在我們看不見之處，被賦予「一切生命的無目的」這個前提，那它越發是與其他一般生命等價的生。

我想，柏木也不是毫無醉意。我早就知道，無論多麼陰鬱的認知，都潛藏著認知本身的醉意。而能夠醉人的，基本上就是酒。

……我們坐的地方，是已褪色被蛀蝕的杜鵑花蔭。我不知房東女兒為何會同意這樣陪著我。我故意對自己用了無情的說法，我不懂她為何會陷入「想玷汙」自身的衝動。世間或許也有充斥羞恥和溫情的無抵抗，但女孩把我的手放在她那略胖的小手上，就像蒼蠅停在午睡的身體上。

但漫長的接吻及女孩柔軟下顎的觸感，喚醒我的慾望。那本應是我夢寐以求，現實感卻極為稀薄，慾望在另一個軌道旋轉奔馳。白濛濛的天空，竹林的沙沙聲響，沿著杜鵑花的葉片拼命攀爬的七星瓢蟲……這些東西依然毫無秩序地各自存在。

我反而想逃離把眼前的女孩視為慾望對象的想法。我應該將之視為人生。應該視為獲得前進的一個關卡。如果錯過這個機會，人生恐怕永遠不會降臨。這麼一想我就心情激盪，但以往受口吃所阻無法說出口時受到太多屈辱的回憶橫亙心頭。我毅然開口，就算結結巴巴也該說點甚麼，將生命據為己有。柏木那刻薄的催促，喊著「口吃吧！儘管口吃吧！」一毫不客氣的叫喚，又在我耳邊重現，鼓舞著我。……我終於把手滑向女人的裙擺。

那一刻金閣出現了。

充滿威嚴，憂鬱又纖細的建築。到處仍留有剝落的金箔，猶如豪華遺骸的建築。似近實遠，隔著雖親近卻又遙不可及的費解距離，永遠澄明浮現的那座金閣出現了。

它矗立在我與我夢想的人生之間，起初渺小如袖珍畫，轉眼越來越大，彷彿在那精巧的模型中看到幾乎包容世界的巨大金閣的呼應，那掩埋了圍繞我的世界各個角落，充盈這個世界的規格。如巨大的音樂填滿世界，光憑那音樂就能充足世界的意義。有時那麼排斥我，似乎屹立在我之外的金閣，如今完全包容我，容我置身在它的構造內部。

房東女兒變得遙遠渺小，如塵埃飛去。她既被金閣拒絕，自然也被我的人生拒絕。怎麼可能被美無限包容的同時還能朝人生伸手！就美的立場而言，也有權利要求我死心吧。不可能用一隻手的手指碰觸永恆，另一隻手的手指碰觸人生。對人生的行為意義，如果在於對某一瞬間發誓忠實，讓那瞬間靜止，金閣想必知悉這點，暫時取消對我的疏離，金閣自己化身為那瞬間，前來通知我對人生的渴望有多麼虛無。在人生中，化身為永遠的瞬間令我們沉醉，但那就像此刻的金閣，和化身為瞬間的永遠的模樣相比，金閣知道那根本不值一提。美的永恆存在，正是在此刻真正阻礙我們的人生，毒害生命。生命讓我們驚鴻一瞥的瞬間之美，在這樣的毒素面前毫無招架之力。它頓時崩壞，滅亡，生命本身，也在滅亡的淺褐色光芒下暴露。

……我被幻想的金閣完全擁抱的時間並不長。當我回過神時，金閣已經隱匿。那只不過是在遙遠東北方的衣笠地帶，迄今依然存在的一座建築，自然不可能看得見。金閣那樣接納我、擁抱我的魔幻時刻早已過去。我依舊躺在龜山公園的山丘上，周遭除了花草及昆蟲徐緩的飛翔，只有一個放肆躺臥的女孩。

女孩對我突然的退縮投以白眼，逕自坐起。她扭腰背對我而坐，從手提包取出小鏡子攬鏡自照。她雖未說話，但那種輕蔑，就像秋天的雜草日本牛膝的果實扎在衣服上，千萬遍刺痛我的肌膚。

天幕低垂。輕盈的雨滴開始打在周遭野草和杜鵑花的葉片上。我們慌忙起身，匆匆走回剛才那座涼亭。

❖

嵐山一日遊就這樣窩囊結束，但那天，並不只是因此才留下格外晦暗的印象。那晚就寢前，有人從東京發電報給老師，老師立刻將內容告知寺中人。

鶴川死了。電報很簡單，只說他意外身故，後來我得知詳情是這樣的。前一晚，鶴川去淺草的伯父家，難得喝了點酒。回程在車站附近，被突然從橫巷衝出的卡車撞飛，當場頭蓋骨破裂死亡。他的家人驚慌失措，直到隔天下午才想起來該給鹿苑寺打電報。

父親死時都沒流淚的我，當下落淚了。因為鶴川的死比起父親的死，似乎於我更攸關緊要的問題。認識柏木後，我有點疏遠鶴川，但失去鶴川之後我才明白，連接我與光明的白晝世界的一縷細線，因鶴川的死徹底斷絕了。我是為喪失的白晝，喪失的光明，喪失的夏天而哭泣。

儘管我很想立刻趕去東京弔唁，但我沒錢。老師給的零用錢每月只有五百圓。母親本就貧窮。一年頂多有一兩次各寄兩三百圓給我。她整理家產後之所以去投靠加佐郡的舅舅，也是因為父親死後，她光靠施主每月捐贈不到五百圓的救濟米和政府的微薄補助金難以維生。

我沒看到鶴川的遺體，也未能親自送葬，心中迷惘不知該如何讓自己確認鶴川之死。昔日他沐浴林梢灑落的陽光隨之起伏的白襯衫腹部，現在正在燃燒。那樣只為光明打造，只適合光明的肉體與精神，誰能想像竟會埋在墓土之下長眠。他身上完全看不出夭折的徵候，雖生於不安與憂愁卻免於憂患，絲毫沒有與死亡類似的因素。或許就是為此才會猝死。正如血種純正的動物生命總是格外脆弱，鶴川也是生命的純粹成分打造的，或許因此無法防禦死亡。如此說來我正好相反，似乎注定了該詛咒的長壽。

他住的世界的透明構造，於我一直是深深的謎團，他的死讓謎團變得更可怕。這個透明的世界，就像太過透明反而會看不見玻璃導致一頭撞上，就這樣被橫巷衝出的卡車粉碎了。鶴川的死不是病死，正符合這個比喻，車禍身亡這種純粹的死，很適合他生命純粹無比的構造。瞬間衝突造成的接觸，令他的生和他的死產生化合。這是迅速的化學作用。……想必唯有透過如此激烈的方法，那個毫無暗影的奇妙年輕人，才能夠與自己的影子、自己的死連結。

鶴川住的世界洋溢光明的感情與善意，但他並非因誤解或天真的判斷才住在那裡。他這舉世罕有的光明心性，被一種力量，一種強韌的柔軟支持，直接成為他的運動法則。他把我的陰暗感情一一翻譯成光明感情的做法中，有某種無比的正確。那種光明和我的陰暗徹底對應，呈現太過詳細的對比，因此有時我甚至懷疑鶴川是否如實經歷過我這種心情。結果並不是！他的世界之光明，雖純粹也偏頗，卻自成細緻的體系，那種精密或許幾近於惡的精密。若非這個年輕人不屈不撓的肉體力量不斷支持它運動，那個光明透明的世界或許當下就瓦解了。他筆直奔跑。而卡車輾過那肉體。

鶴川給人的好感來自他俊朗的容貌，自由伸展的身軀，如今喪失了那些，又讓我陷入關於人類的可視部分的神祕思考。我們肉眼可見之物，竟能行使那麼光明的力量，令我深感不可思議。精神為了擁有如此素樸的實在感，不得不向肉體多多學習。禪宗說無相為體，知道自己的心無形無相也就是見性，不過能夠洞觀無相的見性能力，想必也得對形態的魅力極度敏銳。無法用無私的敏銳看形與相的人，又怎麼可能清楚看見無形與無相加以洞察呢？像鶴川那樣光是存在就光芒四射的人，而且是目光可觸及、手也可觸及，堪稱為生而生的人，如今既已喪失，那個明瞭的形態或許就是不明瞭的形態最明確的比喻，那種實在感或許是無形虛無最實在的模型，他本人或許也只不過是這樣的比喻。比方說，他與五月繁花的相似、相符，正是藉由這五月的猝死，與投進他棺木的鮮花相似、相符。

不管怎樣，我的生命欠缺鶴川的生命那種明確的象徵性。因此我需要他。我最嫉妒的，就是他這一生完全沒有我這種背負獨自性或獨自使命的意識就過完了。正是這種獨自性，奪走了生命的象徵性，也就是他的人生作為其他甚麼比喻的象徵性，從而奪走生命的擴展和一體感，是產生如影隨形的孤獨的根源。真不可思議。我甚至和虛無都沒有一體感。

❖

我又開始孤獨了。後來我再也沒見過房東女兒，也不再像之前那樣和柏木親密來往。柏木那種生活方式的魅力雖然依舊吸引我，但我覺得稍作抵抗，違心地疏遠他，應該可以告慰鶴川在天之靈。我寫信給母親，斷然表明在我獨立之前不准她來看我。這點我之前也當面對母親說過，但我覺得如果不再次用強烈的語氣寫信告之就無法安心。母親回覆的信上，以訥訥言詞逐一交代她忙著協助舅舅務農的狀況，以及對我的單純訓勉，最後添上一句「在我死前只想看到你成為鹿苑寺住持」。我恨這句話，之後的幾天，這句話始終令我不安。

整個夏天我都沒有去母親寄居處探望。貧乏的食物令我在夏天身子格外虛弱。九月十日過後的某天，氣象預報說可能有強度颱風來襲。必須有人在金閣值夜，我自告奮勇接下這任務。

打從這時起，我對金閣的感情似乎就產生了微妙的變化。倒也不是憎恨，但我有預感，在我內心徐徐萌芽的情緒和金閣遲早會無法相容。打從龜山公園那次起，這種感情就已很明白，但我害怕給它命名。不過，值班這一晚金閣能夠委身於我還是讓我高興得難掩喜色。

我拿到究竟頂的鑰匙。這第三層樓特別珍貴，門楣有後小松天皇御筆親題的匾額，高貴地掛在離地四十二尺之處。

收音機不斷報導颱風接近，但是完全看不出那種跡象。午後陣雨終於停了，夜空出現明亮的滿月。寺中人紛紛去院子仰望天空，議論著這是暴風雨前的寧靜。

寺中人都睡著了。我獨自在金閣。待在月光照不到的地方，金閣厚重豪華的黑暗正包覆我，這個念頭令我恍惚。這種現實感逐漸深深地浸淫我，似乎直接造成幻覺。驀然回神時，我發現此刻自己就在龜山公園那個把我隔離在人生之外的幻影內。

我孑然一身，絕對的金閣包覆我。該說是我擁有金閣，還是被金閣擁有呢？抑或，其中產生罕見的平衡，或許讓「我就是金閣，金閣就是我」的狀態變得可能？

深夜十一點半左右開始颳風。我拿著手電筒上樓梯，把鑰匙插進究竟頂的鎖孔。

我憑欄站在究竟頂。現在吹的是東南風。但天空尚未出現變化。月光在鏡湖池的水藻之間閃爍銀光，蟲聲蛙鳴占據四周。

強風開始正面吹到我臉頰時，我的肌膚竄過一陣幾乎堪稱官能性的戰慄。風猶如挾裹強大的威脅無限增強，那似乎是要將我與金閣一同摧毀的徵兆。我的心在金閣內，同時也在狂風之上。規定我的世界構造的金閣，沒有隨風飄搖的帷幕，泰然自若沐浴月光，但是風，我凶惡的意志，遲早一定會撼動金閣，讓它清醒，在倒塌的瞬間奪走金閣倨傲存在的意義。

是的。那時我被美包圍，正處於美之內，但是若無狂風無限增強的意志支撐，我能否這樣完全被美包圍還是個疑問。正如柏木對我喝叱「口吃吧！儘管口吃吧！」我也試著喊出鞭打強風、激勵駿馬的言詞。

「呼嘯吧！儘管呼嘯吧！吹得更快些！更用力些！」

森林開始沙沙作響。池畔樹木的枝椏互相撞擊。夜空失去平靜的藍色，變成混濁的深青灰色。蟲鳴未衰，但強風呼嘯大地越來越急的遙遠神祕笛音已接近。

我看到大量流雲飛過月亮前。從南向北，從群山彼方，流雲如千軍萬馬不斷奔馳而來。有厚重的雲。有單薄的雲。有大片的雲。也有一些小片的碎雲。

他們悉數從南方出現，掠過月亮前方，籠罩金閣的屋頂，然後又十萬火急地朝北奔去。在我頭頂上似乎響起金鳳凰的叫聲。

風驀然靜止，又再次增強。森林敏感地豎起耳朵，時而安靜時而喧嘩。池面月影隨之忽暗忽明，時而閃現一陣碎光四射，迅速掃過整個池面。

群山彼方堆積的雲層，如巨掌在整片天空擴張、翻動著逐漸接近的情景很驚人。雲間偶爾露出一方澄明的天空，轉瞬又被雲層掩蓋。但是當稀薄的流雲掠過時，透過雲層可以看見勾勒出模糊光暈的月亮。

整晚天空就這樣不斷變幻。但是似乎不會有更強的風勢了。我靠在欄杆旁不覺睡去。晴朗的早晨來臨，一大早寺中的老雜役就來叫醒我，告訴我颱風已幸運地遠離京都市外。

第六章

我大概為鶴川服喪了將近一年。變得孤獨後，我很快適應那種狀態，我再次發現，幾乎不和任何人講話的生活，於我而言最不需要努力。對生命的焦躁遠離了我。死去的每天都很暢快。

學校的圖書館是我唯一的享樂場所，我沒看禪宗典籍，只是隨手翻閱翻譯小說或哲學書籍。在此我不便舉出那些作家及哲學家的姓名。我承認他們多少影響了我，導致我日後做出那種行為，但我相信行為本身乃我獨創，最重要的是，我不喜歡把行為簡單定義為某種既成哲學的影響。

打從少年時代起，不被人理解就是我唯一的驕傲，前面也提過，我從來沒有那種衝動想表現自我讓人理解。我毫不猶豫地試圖明晰剖析自我，但那是否來自想理解自我的衝動還是個疑問。因為那種衝動會順從人類的本性，主動成為與他人之間的橋樑。金閣之美帶來的酩酊，使我的某部分變得不透明，這種酩酊從我身上奪走其他一切酩酊，為了與之對抗，我只能憑自己的意志確保明晰的部分。我不知別人是怎樣，但於我而言，明晰就是我的自我，反之，我並非明晰自我的主人。

……大學預科的第二年，時值昭和二十三年春假。那晚老師也不在，沒有朋友的我，只能獨自散步來打發這幸運得來的自由時光。我走出寺中，穿過山門。山門外側有水溝，水溝旁豎立告示牌。

照理說應該長年看慣了，但是月光照亮古老告示牌上的文字，我不禁轉身一一細讀。

注意

一、除非得到許可否則不得改變現狀；

二、不得做出影響其他保存物之行為；

以上注意事項，若有違反者當依國法處罰。

昭和三年三月三十一日　　內務省

告示牌針對的顯然是金閣。但也不知那抽象的字句在暗示甚麼，只覺得不變不壞的金閣，遙遙矗立在和這種告示牌無關之處。這個告示牌，預設了某種令人費解的行為，或者該說根本不可能的行為。立法者想必對如何概括這種行為深感困惑。為了處罰瘋子才做得出來的行為，事前該如何恫嚇瘋子？想必需要只有瘋子才看得懂的文字。……

我正在這麼胡思亂想時，忽見人影沿著門前寬敞的人行道朝這邊走來。白天的大批觀光客皆已消失，只剩月光照亮的松樹，以及行經遠處電車道的汽車車頭燈閃光，占據這一帶的夜晚。

我突然發現那個人影是柏木。我是從走路方式認出的。我頓時忘記這一年來自己主動選擇的疏遠，只想起對他曾帶來慰藉的感激。對了。打從初見面起，他就用醜陋的內翻足，毫不客氣的傷人言詞，徹底的告白，撫慰了我的自卑。那時，我應該就已領悟第一次與人平等對話的喜悅。我應該就已體會藏在身為和尚又口吃的明確意識底層那種惡行似的喜悅。反觀我與鶴川的交往，往往把那兩種意識都抹去。

我對柏木笑臉相迎。他身穿制服，手裡拿著細長的包裹。

「你正要出門？」他問。

「沒有……」

「幸好遇見你。老實說，」柏木在石階坐下，解開包袱。散發暗光的兩管尺八[35]出現。「之前家鄉的伯父去世，留下這支尺八給我當紀念。可是我本來就有以前跟隨伯父學習時他給的尺八，這支遺物似乎更名貴，但我還是喜歡用慣的那支，多拿了也沒用，所以我想給你一支。」

從未收到他人贈禮的我，不管怎樣，還是很高興收到禮物。我拿起尺八細

35 尺八，豎吹的木管樂器。類似洞簫。因管長一尺八寸而得名。

看。前有四孔，後有一孔。

柏木又說。

「我學的是琴古流派[36]。難得月色宜人，我想若能在金閣吹奏應是賞心樂事。順便可以教你怎麼吹……」

「現在去應該正好。老師不在，老大爺也偷懶，還沒打掃完。否則等他打掃完金閣就要鎖起來了。」

他出現的方式很突然，聲稱月色宜人想在金閣吹尺八的要求也很突然，一切都違背了我所認識的柏木。但對我單調的生活而言，光是這種意外已是驚喜。我拿著他贈送的尺八，帶他去金閣。

那晚我和柏木聊了甚麼，我已不大記得。想必也是言不及義。先不說別的，至少他絲毫未提及以往那些奇怪的哲學和有毒的悖論。

也許他是為了刻意向我展現我想像不到的另一面才來找我。這個似乎只對美的褻瀆感興趣的毒舌家，向我展現了纖細的另一面。關於美，他擁有比我更加縝密的理論。他沒有訴諸言詞，卻用身段和眼神、吹奏的尺八音調，以及伸向月光中的額頭道盡了一切。

我們在第兩層的潮音洞憑欄吹奏。徐緩翹起的屋簷下，迴廊被八支造型典雅的天竺風格插肘木[37]從下方支撐，伸向倒映月影的池面。

柏木先吹了「御所車」這首小曲，他精湛的技巧令我訝異。我也模仿他把唇抵在吹口，卻吹不出聲音。他從左手在上持尺八的姿勢開始教我，該怎麼貼著腮幫子，嘴唇如何抵在吹口啟唇，怎樣把如同大薄片的風吹入的訣竅等等，他都一一詳細指點。但我試了又試還是吹不出聲音。臉頰和眼睛都死命用力，明明無風，池面月亮卻好似碎成千萬片。

精疲力盡的我，一瞬間甚至懷疑柏木是為了故意捉弄口吃的我，才逼我做

36 琴古流派，明和時期，黑田琴古（1710-1771）創始的尺八流派。與都山流並稱兩大流派。
37 插肘木，插入柱子的肘木。天竺風格建築的特色。肘木又稱「栱」，是與「斗」組合成斗栱支撐梁柱的橫木。

這種苦行。但我逐漸感到，肉體試圖吹出聲音的努力，就像是把口吃想圓滑發出第一個音時那種平日的精神性努力加以淨化。尚未發出的音，似乎早已確實存在這月光照亮的寂靜世界某個角落。我付出種種努力後只要能夠達成那個音，讓那個音甦醒就夠了。

該如何讓那個音達成柏木吹出的那種美妙音韻？唯熟練而已。美就是熟練。一如柏木雖有醜陋的內翻足仍能吹出空靈美妙的音色，我只要熟練了也做得到。這個想法使我勇氣倍增。但我心中也萌生另一種認知。柏木吹奏的「御所車」旋律聽來如此優美，固然是有月夜為背景，但恐怕還是因為他醜陋的內翻足？

熟知柏木之後我才發現，他討厭可以永久保存的美。他喜愛的僅限於轉瞬消逝的音樂，或者數日之內就會枯萎的插花，他討厭建築和文學。他之所以來金閣，肯定也只是渴求月光下的金閣。不過話說回來，音樂之美還真是不可思議！吹奏者成就的短暫之美，並非將一定的時間變成純粹的持續一再重複，雖然短暫如蜉蝣，生命本身卻是完全的抽象與創造。音樂是最像生命的，同樣是美，也沒有比金閣距離生命更遙遠、更看似侮蔑生命之美。當柏木吹奏「御所車」的瞬間，音樂這虛擬的生命死了，但他的醜陋肉體和陰暗的認知絲毫沒有受傷或改變，依然留在那裡。

柏木向美所求的，絕非慰藉！不言不語中，我已明白這點。他真正愛的，是用自己的嘴唇朝尺八吹口吹入的氣息在空中成就片刻之美後，自己的內翻足和陰暗的認知比之前更鮮明的殘留。柏木愛的，是美的無益，是美在自己體內經過卻不留痕跡，是美絕對無法改變任何事物……。如果美對我也是如此，我的人生該有多麼輕盈啊。

……在柏木的指導下，我不厭其煩一試再試。我的臉孔充血，呼吸急促。這時我彷彿突然變成鳥，彷彿從我的咽喉冒出鳥叫聲，尺八迸出粗啞的一聲。

「這就對了！」

柏木笑著大喊。那絕非美妙的音色，但同樣的聲音不斷出現。那一刻，我從這不似出自自己的神祕聲音，幻想著頭上金銅鳳凰的鳴聲。

❖

後來我根據柏木給的練習本，每晚努力練習尺八。隨著我學會吹奏「白地染紅日」[38]，我和他的交情也恢復如初。

到了五月，我覺得應該為柏木送的尺八聊表謝意。可我沒錢。我鼓起勇氣對柏木這麼說，他說不需要花錢的謝禮，接著奇妙地歪起嘴角，說出以下這番話。

「也好，既然你都這麼開口了，那我的確有想要的東西。最近我想插花，可是花太貴了。正好這個時節金閣的菖蒲、燕子花正逢花季吧？那你能否替我摘四、五枝燕子花來？隨你挑含苞待放或剛開的或已經盛開的都可以，還要六、七枝木賊。今晚就行，晚上送來我的宿舍好嗎？」

我不假思索一口答應，之後才醒悟他其實是在唆使我偷花。礙於顏面，我不得不當一次採花大盜。

當天的晚餐是麵食。只有黝黑沉重的麵包和燉蔬菜。適逢周六，下午不用坐禪，該出門的人都已出門了。今晚是內開枕，可以早睡，也可以外出至十一點，而且明早也可以睡懶覺稱為「忘寢」。老師也早已出門。

六點半過後天黑了。開始起風。我等待初夜鐘聲[39]。到了八點，中門左側的黃鐘調[40]的鐘，用那餘音裊裊高亢清澈的音色敲響初夜的十八下鐘聲。

在金閣的漱清旁，蓮沼的池水有個小瀑布口流入鏡湖池，瀑布口圍著半圓形柵欄。那一帶有很多燕子花。這幾天花開得很美。

我去了一看，燕子花叢正隨著夜風沙沙作響。枝頭高掛的紫色花瓣，在沉靜的水聲中微微顫動。四周夜色深邃，紫色和葉片的深綠色都看似黑色。我想摘下兩三枝燕子花。但花與葉隨風沙沙作響地從我的手中溜開，一枚葉片割破我的手指。

38 童謠〈太陽旗〉（日の丸の旗）的開頭第一句。
39 初夜鐘聲，寺院於每日晚間八點第一次敲鐘。
40 黃鐘調，雅樂六調之一，以黃鐘的聲音為主音的旋律。

我抱著木賊和燕子花去柏木的宿舍時，他正躺著看書。我本來還害怕遇見房東女兒，但她似乎不在。

小小的偷竊令我很快活。和柏木在一起時，每次總是先帶來小小的悖德和瀆神及惡行，而那總是令我快活，但我不知道這種惡行的分量如果逐漸增加，快活的分量是否也會隨之無限增加。

柏木非常愉快地收下我的禮物。然後去找房東太太借水盤和剪花枝用的水桶。這棟房子是平房，他住在偏屋的四帖半房間。

我拿起他豎立在壁龕的尺八，將唇抵在吹口，吹奏短小的練習曲，這次吹得很成功，讓正巧回來的柏木大吃一驚。但今晚的他，已非之前來金閣時的他。

「吹起尺八倒是一點也不結巴。枉費我為了聽結巴的曲子特地教你吹尺八。」

這句話，把我們又拉回初見面時同樣的位置。他找回了自己的位置。於是我也可以輕鬆問起那個西班牙式洋房的千金小姐了。

「噢，你說那女的啊，她早就結婚了。」柏木簡單回答。「我很貼心地教了她一個不會被人發現她已非完璧的方法，她丈夫很老實，看樣子應該是順利蒙騙過去了。」

柏木說著把泡在水中的燕子花一支支拿起來仔細打量，把剪刀伸進水中，在水中剪斷花莖。他手裡的燕子花影在榻榻米上劇烈晃動。之後他突然又說。

「你知道《臨濟錄》示眾那一章的名句嗎？『逢佛殺佛，逢祖殺祖……』」

我接著往下說：

「『……逢羅漢殺羅漢，逢父母殺父母，逢親眷殺親眷，始得解脫』。」

「沒錯。就是那個。那女人就是羅漢。」

「那你解脫了嗎？」

「哼。」柏木把剪斷的燕子花併攏在一起看著說。「殺得還不夠呢。」

盛滿清水的水盤內部漆成銀色。柏木細心地將劍山彎曲處弄直。

我無所事事，於是繼續說。

「你知道『南泉斬貓』那則公案吧？老師在日本戰敗那天，曾經召集大家講解過那個……」

「『南泉斬貓』啊。」柏木說著，比對木賊的長度，一邊插進水盤一邊回答。「那則公案，在人的一生中，會以各種方式變換形貌一再出現。那是很詭異的公案。每次在人生的轉角遇上，同一則公案的形貌和意義都會改變。南泉和尚斬的貓可不是省油的燈。那隻貓很美喔，你知道嗎？牠美得難以形容。眼睛是金色的，毛皮光滑，那嬌小柔軟的身體，把世間所有的逸樂與美，都像彈簧彎起般藏在其中。除了我之外，一般注釋者都忘記提及貓是美的化身。說到那隻貓，牠突然從草叢竄出，簡直像是故意的，閃爍著溫柔狡猾的眼睛任人抓住。牠引起了兩堂之爭。因為美可以委身於任何人，卻不屬於任何人。美這種東西，是的，該怎麼說才好呢？就像是蛀牙。它觸及舌頭，引人注意，帶來疼痛，強調自己的存在。人們終於受不了疼痛，請牙醫拔除。把沾血的小顆褐色骯髒牙齒放在自己掌心時，人們想必會這麼說吧：『就這個？就是這種玩意？帶來痛楚，不斷提醒我它的存在，並且在我內部頑固扎根的東西，現在只不過是死掉的物質。但那和這個真的是同一個東西嗎？如果這本來是我的外部存在，那它到底是藉由甚麼原因連結我的內部，成為我的疼痛根源？這玩意的存在根據是甚麼？那個根據在我內部嗎？或者在它自身？不過話說回來，從我嘴裡拔掉放在我掌上的這玩意，絕對是另一種東西。絕對不可能是那個。』

你知道嗎。美就是這樣的東西。所以斬貓，看似拔掉疼痛的蛀牙，剔除了美，但那不見得是最後的解決。因為美並沒有根絕，即使貓死了，貓的美或許也沒死。於是趙州諷刺這種解決方法的簡單化，把鞋子放到頭上。因為他早就知道，除了忍受蛀牙的疼痛沒有別的解決方法。」

這的確像柏木一貫的解釋，但他八成是在借題發揮，其實已看穿我的內心，在諷刺我的無能解決。我這才真正怕了柏木。沉默太可怕，於是我又問。

「那你是哪一種呢？是南泉和尚，還是趙州？」

「誰知道。目前我是南泉，你是趙州，但說不定哪天你成了南泉，我成為趙州。因為這則公案的確『像貓眼一樣』變化多端。」

就算在這樣對話之際，柏木也不忘巧妙地動手把生鏽的小劍山排列在水盤中，插上筆直沖天的木賊後，再搭配修剪成三片葉子一支的燕子花，逐漸做出觀水型[41]的形狀。清洗多次已褪色的白色及褐色乾淨碎石，也待插好後堆積在水盤周遭。

他的動作只能用漂亮來形容。他不斷做出小小的決斷，對比與勻整的效果明確集中，大自然的植物在一定的旋律下，被移往看起來就很亮麗的人工秩序內。未經修飾的花與葉，轉眼之間變成應有姿態的花與葉。那些木賊和燕子花，不再是一支支無名的同種植物，極端簡潔且直白地呈現出堪稱木賊的本質和燕子花的本質。

但他的動作帶著殘酷。對於植物，他的舉止之間似乎擁有不快的陰暗特權。不知是否因此，每次剪刀聲響起，花莖被剪斷時，我彷彿看見滴滴鮮血。

觀水型插花完成了。水盤右端，木賊的直線和燕子花葉片英勇如劍的曲線混合，一朵花已開，另外二朵含苞待放。放在那裡幾乎占據整個狹小的壁龕，水盤的水面倒影沉靜，掩藏劍山的碎石子呈現澄明的水畔風情。

「真漂亮。你是在哪裡學的？」我問。

「跟這附近的插花老師。她應該馬上會來這裡。我一邊跟她交往，一邊學插花，等我可以這樣獨力完成插花後，我也厭倦她了。她是個年輕貌美的插花老師喔。據說戰時和軍人有過一段情，後來小孩胎死腹中，軍人也戰死了，之後她就一直周旋於男人之間。她手裡有點錢，教人插花好像只是興趣。要不今晚你把她帶出去也行喔。她想必哪都願意跟你去。」

……這時我萌生的感動已錯亂。昔日從南禪寺山門上看到那個女人時，我身旁有鶴川，可是三年後的今天，那個女人以柏木的眼睛為媒介，即將在我面前出現。她的悲劇曾被開朗神祕的目光目睹，而如今，又被甚麼也不信的陰暗目光窺視。而且很顯然，當時遠眺如白晝淡月的乳房，已被柏木的手摸過，當時被華美禮服包覆的膝蓋，也已被柏木的內翻足碰過。那個女人顯然早已被柏木玷汙，換言之，被認知玷汙了。

41 觀水型，插花的型態之一，令人聯想池沼水畔，做出植物在水面倒影的姿態。

這個想法讓我異常惱怒，當場再也待不住。但好奇心還是讓我留下了。我曾懷疑是有為子投胎轉世的那個女人，現在變成被殘疾學生拋棄的女人，令我迫不及待想見到她。並且沉浸在「有一天我也會加入柏木，親手玷汙自己的回憶」這種錯覺的喜悅中。

……女人終於來了，可我心如止水不起波瀾。迄今我仍記得很清楚。她那略帶沙啞的嗓音，文雅有禮的舉止和規矩的言詞，可是眼中卻閃現狂野的神色，一邊忌憚我的在場一邊對柏木吐露怨言……這時我終於明白柏木叫我今晚來的理由，他想拿我當擋箭牌。

女人和我的幻影毫無關聯。只停留在初次見面的個別印象。她文雅有禮的言詞逐漸亂了套，她同樣對我正眼也不瞧。

女人終於受不了自己的可悲，似乎一改之前努力想挽回柏木的態度，決定暫時撤退。這時她突然裝出一派鎮定，環視柏木狹小的斗室。對於壁龕盛大擺設的插花，她似乎待了三十分鐘後這才發現。

「這盆觀水很不錯。插得真好。」

就等這句話的柏木，立刻給她致命一擊。

「我技術很好吧？如妳所見，妳已經沒有任何東西可以教我了。我用不著妳了，真的。」

我看著柏木這無情的話一說，女人就臉色大變，連忙撇開視線。女人似乎笑了一下，就此規矩膝行湊近壁龕。我聽到女人的聲音說：

「這種花算甚麼！這是甚麼爛東西！」

接著水花四濺，木賊傾倒，開花的燕子花被扯爛，我不惜冒險偷摘來的花，轉眼已一片狼藉。我不禁站起來，但我不知如何是好，只能背部緊貼玻璃窗。只見柏木拉住女人纖細的手腕。然後拽住女人頭髮，狠狠給她一耳光。柏木這粗暴的一連串動作，和他剛才插花剪斷葉片及花莖時那種安靜的殘忍分毫不差，彷彿是當時的延長。

女人用雙手摀住臉，就此跑出房間。

至於柏木，他仰望呆站著的我，露出異樣孩子氣的微笑，如此說道。

「快，你去追她吧。好好安慰她。快去啊。」

不知是被柏木這番話的威力推動，還是出自本心同情女人，這點連我自己都不確定，總之我立刻拔腳去追女人。我在距離柏木住處兩三戶房子之處追到她。

那是烏丸車庫後方的板倉町一區。陰霾的夜空下，電車駛入車庫的回音響起，不時迸出淺紫色電光閃現天際。女人從板倉町一路向東，沿著後巷向上走。我默默尾隨邊走邊哭的女人，之後她發現了我，主動依偎到我身邊。她用哭過後更沙啞的聲音，滔滔不絕控訴柏木的惡行，並且依舊不改文雅有禮的遣詞用字。

我們不知走了有多久！

在我耳邊絮絮叨叨陳述的柏木惡行，那些惡毒卑劣的細節，在我聽來通通都只是「人生」一詞。柏木的殘忍，有計畫的做法，背叛，冷酷，向女人勒索金錢的各種手段，那些都只不過是在解說他難以形容的魅力。而我只要相信他對他的內翻足的誠實即可。

鶴川猝死後，久未接觸生命本身的我，難得又接觸到另一個沒那麼薄命早夭的晦暗生命。只要活著就會不斷傷害他人的生命，那鼓舞了我。他那句簡潔的「殺得還不夠」，又在我耳邊響起。而我心中被喚起的，是日本戰敗那天我從不動山頂對著京都市街的燈海虔誠祈禱時，「請保佑我心中的黑暗，等同被無數燈光籠罩的長夜黑暗」這句祈禱詞。

女人走的並非回家的路線。為了說話，她專挑人跡稀少的後巷漫無目的遊走。最後終於來到她獨居的住處門前時，我已經分不清那是哪一區的街角。

時間已是晚間十點半，因此我打算與她道別就此回寺，但女人強烈挽留我，我只好進屋。

女人在前面帶路，一邊開燈，突然說。

「我問你，你有沒有詛咒過別人，希望對方最好死掉？。」

我當下不假思索回答「有」。奇怪的是，在那之前我一直沒想起，我分明巴不得見過我丟臉的那個房東女兒死掉。

「真可怕。我也是。」

女人頹然垮下，在榻榻米上側坐。屋內電燈大概有一百瓦，在限電時期是難得的明亮，和柏木住處的電燈相比，亮度足足有三倍。女人的身體頭一次被清晰照亮。博多白絹製成的名古屋腰帶白得鮮明，友禪和服上藤架流霞圖案的紫色格外顯眼。

從南禪寺山門到天授庵的客房，距離遙遠得只有飛鳥可及，但我用數年光陰徐徐縮短那距離，現在似乎終於抵達了。打從當時起，時光細微刻劃，我確實接近天授庵那神祕情景所意味的真相。我認為理當如此。一如遙遠的星光歷經光年抵達時，地表的形貌早已變遷，女人顯然也變質了。昔日從南禪寺的山門上看到她時，如果我和女人早已預定在今日結合，那麼那種變貌只要稍做修正復原，當時的我應該就能和當時的女人再次相見。

於是我說了。我氣喘吁吁，結結巴巴地說了。當時的嫩葉重現，五鳳樓藻井畫的仙人和鳳凰重現。女人的臉頰泛出紅潤，眼中狂暴的光芒褪去，轉為游移不定的紊亂光芒。

「原來如此。唉，原來如此啊。這真是奇緣。奇緣指的就是這種情形呢。」

這次女人的眼中蓄滿狂喜的淚水。她忘記剛才的屈辱，反身投入昔日回憶，亢奮轉變成另一種亢奮，幾乎像個瘋子。綴有藤架流霞圖案的衣擺也亂了。

「我已經沒乳汁了。唉，可憐的寶寶！雖然沒乳汁，但我可以按照當時那樣給你看。誰叫你從那時就喜歡我呢。現在，我就把你當作那個人。只要想到是那個人，我就一點也不難為情了。我真的可以照當時那樣給你看。」

女人用做出決斷的口吻說完後的行為，看似狂喜過度，又像是絕望過度。想必在意識上只有狂喜，但促成她那激烈行為的真正力量，應該是柏木帶給她的絕望，或者說是絕望執拗的餘韻。

於是，我看著她在我眼前拆開腰帶，解開許多繩子，腰帶發出絲絹摩擦聲解開。女人的領子鬆開。女人伸手從微露酥胸處掏出左邊的乳房給我看。

若說我沒有某種暈眩那大概是騙人的。我看了。看得一清二楚。但我只停留在當證人。昔日從那山門的樓上看見的遙遠神祕的白點，並非這樣擁有一定質量的肉塊。那個印象歷經太漫長的發酵，導致眼前的乳房只是一坨肉，一個物質罷了。而且那不是要傾訴甚麼或誘惑甚麼的肉。是存在的乏味證據，是從生命整體割離，只呈現在那裡的東西。

我又想說謊了。是的。我的確感到暈眩。但我的眼睛看得太清楚，我把乳房從女人的乳房逐漸轉變成無意義碎片的過程，全都一一看個分明。

……不可思議的是接下來。歷經這樣悲慘的過程後，最後它終於在我眼中開始變美了。它被賦予美的荒蕪的冷感性質，乳房雖在我眼前，卻漸漸被封閉在它自身的原理內。就像玫瑰被封鎖在玫瑰的原理。

於我而言美來得太遲。比旁人遲，比旁人同時發現美和官能還要來得更晚。轉眼乳房已恢復和全體的關聯……超越肉塊……變成冷感卻不朽的物質，與永恆相連。

請理解我想表達的意思。金閣又在此出現了。或者該說，是乳房變成金閣。

我想起初秋值夜的那個颱風夜。即便有月光照亮，夜晚的金閣內部，那格子門的內側，木板門的內側，金箔剝落的藻井下方，仍有沉重豪奢的黑暗沉澱。這是理所當然。因為金閣本身，只不過是被精心建築、塑型的虛無。眼前的乳房亦然，雖然表面上明晃晃放射肉體的光輝，內部卻充斥同樣的黑暗。它的實質，是同樣沉重豪奢的黑暗。

我絕非沉醉於認知。認知毋寧被踐踏蹂躪，被侮蔑。遑論人生和慾望！……但深刻的恍惚感縈繞不去，好一陣子，我就像麻痺似地和那裸露的乳房對坐。

…………。

於是我又見到女人把乳房收回懷中後冷漠輕蔑的眼神。我向她告辭。送我到玄關的女人，在我身後大聲關上那扇格子門。

——回寺院的路上，我依舊沉浸在恍惚中。心裡只有乳房和金閣輪番浮現。渾身充滿無力的幸福感。

但是隨風沙沙作響的黑松林彼方，鹿苑寺的山門遙遙在望時，我的心漸冷，無力感萌生，沉醉的心情轉為厭惡，不知針對甚麼的恨意漸增。

「我又被隔絕於人生之外！」我喃喃自語。「又來了。金閣為什麼想保護我？我又沒拜託它，它為什麼要把我隔絕於人生之外？金閣或許的確拯救我免於墮入地獄，但金閣藉此把我變成一個比墮入地獄者更壞的人，成了『比誰都瞭解地獄消息的男人』。」

山門黝黑寂靜。早晨敲鐘時熄燈的側門隱約亮著燈。我輕推側門的門扉。

內側響起垂掛秤砣的老舊生鏽鐵鎖的聲音，那扇門開了。

門衛早就睡了。側門內張貼著晚間十點過後最後一名返寺者必須負責鎖門的內規，還有兩枚名牌沒有翻回正面。一枚是老師的名牌，另一枚是老園丁的。

走著走著，我發現右側工地橫臥的幾根長達五米的原木，在夜色中也呈現明亮的木色。走近一看，鋸下的木屑散落滿地，彷彿灑滿黃色小碎花，黑暗中瀰漫鮮明的木頭香氣。我本想從工地外圍的水井旁回庫裏，但我又折返。

就寢之前我必須再見金閣一面。我走過夜闌人靜的鹿苑寺本堂，經過唐門前，走上通往金閣之路。

金閣出現了。在樹林沙沙聲響的圍繞下，夜色中，它文風不動，但絕對清醒地矗立。就像夜晚的守衛……對了，我從未見過金閣像沉睡的寺院那樣睡著。這棟無人居住的建築，得以忘記睡眠。定居其中的黑暗完全不必遵循人類的法則。

我用幾乎近似詛咒的語調，對著金閣，有生以來第一次如此粗暴地呼喊。

「總有一天老子一定會支配你！遲早會讓你歸我所有，讓你再也不能來干擾我！」

聲音在深夜的鏡湖池空虛回響。

第七章

總之我的體驗有一種偶然的一致在作用，就像鏡廊，一個影像綿延至無限的深處，即便遇見新的事物也有以往見過的事物影子清晰反射，我被這種相似引導，不知不覺走向走廊深處，心情猶如踏入深不見底的內室。所謂的命運，並非被我們突然撞上的。就像日後該處死刑的男人，想必平日走路時便不斷從路旁的電線桿和平交道看到死刑架的幻影，早已熟悉那幻影。

因此我的體驗中，也沒有所謂的累積。沒有那種日積月累形成地層堆成山陵的厚度。除了金閣，對所有事物都不親近的我，即便對自己的體驗也沒有特別的親近感。但我知道從那些體驗中，未被晦暗的時間之海吞沒的部分，不曾無意義地重複陷落的部分，這些小部分的連鎖形成某種不祥的畫面，將會逐漸成形。

那麼，那每一個小部分又是甚麼？我不時思索。但那些發亮的碎片，比起路旁發亮的啤酒瓶碎片更欠缺意義，也欠缺法則性。

然而我也不相信這些碎片，是過去曾經成形的完美型態崩潰後的碎片。因為他們在無意義中，雖因完全欠缺法則性被打擊得無比悽慘，卻似乎還在各自夢想著未來。他們秉持碎片的本分，毫無畏懼，詭異地，沉靜地……夢想著未來！夢想著絕不可能痊癒或恢復、束手無策的、前所未聞的未來！

這種不明瞭的省察，帶給我一種連自己都覺得不搭調的抒情式亢奮。這種時候，如果正巧是月夜，我會帶著尺八去金閣旁吹奏。現在我已能不看譜就吹出柏木以前吹奏的那首「御所車」了。

音樂如夢。同時，也與夢相反，像是神智更清醒的狀態。我思忖音樂究竟屬於哪一種。不管怎樣音樂有時的確具備了能夠讓這兩種相反的狀態逆轉的力量。而且我偶爾會輕易化身為自己演奏的「御所車」的曲調。我的精神懂得化身為音樂的喜悅。我和柏木不同，音樂於我的確是慰藉。

……吹完尺八我總在想，金閣為何沒有怪罪或破壞我這種化身，默許我如此呢？另一方面，當我想化身為人生的幸福快樂時，金閣可曾默許過一次？當場立刻阻攔我的化身，令我還原成自我，不就是金閣一貫的做法嗎？為何唯有碰上音樂時，金閣容許我的酩酊和忘我？

……這麼一想，光是金閣的容許，就令音樂的魅力大減。因為，既有金閣的默許，音樂縱然再怎麼看似生命也只是虛擬的冒牌生命，縱然我想化身為那個，那個化身也只是短暫一瞬。

請別誤會我遭逢女人和人生的兩次挫折後就變得灰心喪志。到昭和二十三年年底為止，我其實還有過幾次那種機會，再加上柏木居中拉皮條，我大無畏地面對。然而每次結果都一樣。

女人與我之間，人生與我之間，總有金閣出現。於是我本想抓住的東西轉眼成灰，展望化為荒蕪沙漠。

有一次，我在庫裏後面的田地幹活，閒暇時看到蜜蜂圍繞小朵的黃色夏菊。陽光普照下，揮動金色翅膀飛來的蜜蜂，從許多夏菊中選定一朵，在那朵花前踟躕半晌。

我試著用蜜蜂的眼睛去看。菊花毫無瑕疵的黃色端正花瓣綻放。那就像小金閣一樣美，像金閣一樣完全，但它絕不可能變成金閣，依然只是一朵夏菊。是的，那確實是菊花，是一朵花，只停留在一種不含任何形而上的暗示的形態。它藉由這樣保持存在的節度，散發無窮魅惑，成為滿足蜜蜂慾望的標的。面對無形的、飛翔的、流淌的、精力旺盛的慾望，這樣隱身在作為對象的形態中生存，這是何等神祕！形態逐漸稀薄，幾乎破裂，不由顫動。這也難怪，菊花端正的形態，是配合蜜蜂的慾望被打造出來的，那種美感本身，是朝著預感綻放，因此當下正是生命之中形態的意義閃耀光輝的瞬間。形態，才是無形流動的生之鑄模，同時，無形的生之飛翔，是這世間所有形態的鑄模。……蜜蜂如此朝花心深入，沾滿花粉，為之沉醉酩酊。我看著迎接蜜蜂的夏菊，菊花本身，就像穿著黃色豪華盔甲的蜜蜂，它劇烈搖晃，彷彿隨時會脫離花莖飛起。

這光芒，與幾乎是在光芒下進行的活動令我暈眩。驀然間，當我脫離蜜蜂之眼回歸我自己的眼睛時，這樣眺望的我，雙眼似乎正位於金閣之眼的位置。是這樣的。一如我脫離蜜蜂之眼回歸自己的眼睛，人生迫近我的剎那，我脫離自己的眼，將金閣的眼據為己有。正是那刻，金閣現身我與人生之間。

……我回歸我的眼。在蜜蜂與夏菊與茫茫萬物的世界裡，只停留在所謂的「被排列」。蜜蜂的飛翔和花朵的晃動，與風的吹動毫無分別。在這靜止凍結的世界一切同等，曾經那般散發魅惑的形態已死絕。菊花不是透過它的形態，只不過是透過我們含糊統稱為「菊花」的名稱，透過約定而美。我不是蜜蜂所以不會被菊花引誘，我不是菊花所以不會受蜜蜂戀慕。一切形態和生之流動的那種親和已消失。世界被拋棄在相對性中，唯有時間流動。

當永遠且絕對的金閣出現，我的眼睛變成金閣的眼睛時，世界就會如此變貌，而且在那變貌的世界中，唯有金閣保持形態，占有美，將其餘事物盡歸沙塵。這些已毋庸贅述。自從那個妓女走進金閣庭園以來，再加上鶴川猝死，我的心就不斷如此自問。「儘管如此，惡是可能的嗎？」

❖

昭和二十四年正月。

趁著周六除策（意思是指撤除警策[42]），也就是放假），我去三番館那種便宜的電影院看電影，看完後難得獨自逛新京極。在人潮雜沓中，我看到熟悉的臉孔，但我還沒想起那是誰，那張臉孔已沒入人潮消失在我背後。

那人戴著紳士帽，穿戴上等外套與圍巾，和身穿鏽紅色大衣分明是藝妓的女人連袂步行。男人紅潤肥胖的臉孔，散發一般中年紳士少有的清潔感宛如初生嬰兒，還有長鼻子……那正是老師的面貌特徵，卻被紳士帽掩蓋了。

我這廂明明沒做虧心事，結果反而是我害怕被看見。因為我成了老師微服出遊的目擊者，成了見證人，令我在情急之下很想迴避與老師在無言中扯上信任或不信的關係。

42 警策，坐禪時或打瞌睡時，打在肩頭讓人繃緊精神提高警覺的工具。

這時一隻黑狗在正月夜晚的雜沓中走來。那隻狗似乎很習慣走在人潮中，靈巧鑽過穿著華美女裝大衣及軍隊外套的行人腳下，在每家店門口駐足。黑狗在聖護院八橋一如往昔的名產專賣店前嗅聞。店內燈光讓我終於看清狗臉，牠的一隻眼爛了，潰爛的眼角還有凝固的眼油及血漬斑爛如瑪瑙。完好的那隻眼看著眼前的地面。牠的背部到處有燙傷的硬皮，一撮撮硬毛格外顯眼。

我不知狗為何引起我的關心。大概是因為狗頑強抱著和這光明繁華的街景截然不同的世界四處徘徊，引起我的注意。狗走在只有嗅覺的黑暗世界，那和人類的城市重疊，反倒是燈火和唱片的歌聲及笑聲，被執拗晦暗的氣息威脅。因為氣味的秩序更確實，黑狗潮濕的腳邊縈繞的尿騷味，與人類的內臟及器官散發的幽微惡臭，確實息息相關。

天氣很冷。看似黑市販子的兩三個年輕人，路過時順手拽下某戶人家門口新年已過尚未取下的門松葉片。他們競相把戴著新手套的手掌張開。其中一人的掌心僅有數片松葉，一人的掌心留有完整的一根小樹枝。黑市販子們笑著走遠了。

話說，我不知不覺跟著狗走。狗忽隱忽現。我彎過通往河原町街的捷徑。就這樣來到比新京極還昏暗的電車道旁的人行道。狗消失了。我停下腳東張西望。我甚至來到車道旁，極目搜尋狗的去向。

這時一輛車身光亮的出租車在我眼前停下。車門打開，女人搶先鑽上車。我不禁朝那邊望去。緊跟在女人之後準備上車的男人驀然注意到我，就此駐足。

那是老師。我不知剛才和我錯身而過的老師，為何和女人繞了一圈又和我撞個正著。總之那的確是老師，先上車的女人那身大衣的鐵銹紅色，也一如我之前看到的顏色。

這次我迴避不了了。但我驚慌之下說不出話。就在啞然之際，口吃在口中翻滾。最後做出連自己都沒料到的表情。我竟然和當下狀況毫無關聯地對著老師笑了。

這種笑無法解釋。笑意彷彿來自外部，突然貼在我嘴上。然而，老師看到我的笑容勃然變色。

「混帳！你想跟蹤我嗎！」

這麼罵完後，老師忽然斜瞄我一眼，逕自上車，響亮地甩上車門，出租車絕塵而去。那一刻我突然明白，之前在新京極相遇時，老師顯然也發現我了。

翌日，我等著老師把我叫去責備。那應該也會是我解釋的好機會。但，就像那次踐踏妓女事件時一樣，隔天又開始了老師沉默無為的拷問。

偏偏這時母親再度來信。結語還是一樣，我成為鹿苑寺住持的那天是她活著唯一的指望。

「混帳！你想跟蹤我嗎！」——老師那句喝斥，事後我越想越不對勁。如果是更詼諧且豪放磊落的道地禪僧，應該不會用這麼惡俗的話罵徒弟。他應該會說出更簡單扼要一針見血的警語才對。事態雖已無法挽回，但是現在想想，當時老師一定誤會了，他深信我是故意跟蹤他，露出逮到他狐狸尾巴的表情嘲笑他，所以他才會有點狼狽地意外暴怒。

不管怎樣，老師的沉默再次造成我日日不安。老師的存在形成龐大力量，就像在眼前惱人飛舞的飛蛾影子。老師受邀去做法事時通常會帶一兩名侍僧同行，本來副司一定會去，但最近基於所謂的民主化，變成副司、殿司[43]、我和另兩名徒弟共五人輪流陪同。迄今還有人議論他太囉嗦的舍監，之前被徵兵戰死了，現在由四十五歲的副司兼任。鶴川死後，又遞補了一名徒弟。

正巧同屬相國寺派的某座古剎住持過世，老師受邀出席新住持的入院典禮，這次輪到我陪同。老師並未特別排斥我的陪伴，因此我一心等待往返的路上或有機會解釋。然而到了前一晚，臨時又追加另一名新徒弟同行，我對那天的期盼已半是落空。

熟悉五山文學[44]的人，想必還記得康安元年石室善玖[45]進入京都萬壽寺時的入寺法語。新住持抵達該寺，從山門至佛殿、土地堂、祖師堂，最後到方丈

43 殿司，負責佛殿的清掃，管理燈燭、香花等事務的僧人。
44 五山文學，以鎌倉末期、南北朝時代為中心，禪僧在鎌倉及京都五山推行的漢文學。
45 石室善玖（1294-1389），室町時代的禪僧。曾任建長寺、圓覺寺等寺的住持。

室，沿路一一留下優美的法語。

住持滿懷新官上任的喜悅指著山門，自豪地說，

「天域九重內，帝城萬壽門。空手拔關鍵，赤腳登崑崙。」

之後開始燒香，進行向嗣法師[46]報恩上香的嗣法香儀式。在以前禪宗不拘泥於慣例，更注重個人開悟的時代，不是師父決定弟子，毋寧是弟子選擇師父。除了最初受業時的恩師，弟子也會接受各方禪師的印可[47]，並且會在嗣法香儀式說出法語時，公開自己衷心希望嗣法的禪師名字。

看著這風光的上香儀式，我不禁暗自迷惘，如果我繼承鹿苑寺，進行這上香儀式時，不知是否會按照慣例報上老師的名字。或許我會打破七百年來的慣例，說出另一位師父的名字。早春午後方丈室的寒冷，瀰漫的五種調合香的氣息，三具足[48]後方閃爍的瓔珞及佛像背後光彩奪目的光環，在場成排僧侶的袈裟色彩……如果有一天我能在那裡焚香嗣法該多好啊，我不禁如此夢想。我在新住持身上幻想自己的模樣。

……屆時，我大概會受到早春凜冽的大氣鼓舞，以世間最風光的背叛方式

踐踏這慣例吧。列座眾僧想必會驚愕得啞然，氣得臉色發白。我絕不會說出老師的名字。我要說別的名字……別的名字？但我真正的開悟之師是誰呢？真正的嗣法之師是誰？我吞吞吐吐。那個別的名字被口吃所阻，無法輕易說出口。我大概會口吃吧。大概會一邊口吃，一邊把那別的名字，說成「美」或「虛無」吧。於是全場哄然大笑，我將在笑聲中丟臉地呆立無措吧。……

——我的幻想驟然清醒。老師有事該做，需要我這個侍僧的協助。這樣列席當助手本來是值得誇耀的好事，但鹿苑寺住持是當日來賓的首席。首席在嗣香後要敲打白槌，證明新任住持不是贗浮圖（假和尚）。

老師念誦。

46 嗣法師，獲得悟道認可得以傳法者稱為嗣法，其師就是嗣法師。
47 印可，禪師證明弟子已悟道，授以奧義。
48 三具足，花瓶、燭台、香爐這三種佛具。

法筵龍象眾
當觀第一義

接著他高聲敲響白槌。響徹方丈室的槌聲，再次令我發現老師擁有的權力是多麼法力無邊。

我受不了老師不知要持續到幾時的沉默的放任。只要我還有一點人性化的感情，就不可能不期待對方付出相應的感情。無論那是愛或恨。

不時窺視老師的神情，成了我可悲的習慣，但老師臉上並未浮現任何特別的情緒。那種面無表情甚至不是冷漠。就算那種面無表情意味著侮蔑，這侮蔑也不是針對我個人，而是更普遍的，比方說就和針對一般人性或各種抽象概念一樣。

打從那時起，我決定強迫自己想像老師動物性腦袋的形狀、肉體的醜陋。我想像他拉屎的樣子，甚至想像他和那個鐵鏽色大衣的女人睡覺的姿態。我幻想他的面無表情被打破，洋溢快感的臉龐露出不知是笑還是痛苦的表情。

他光滑柔軟的肉體，與同樣光滑柔軟的女人肉體融合，幾乎難以分辨。我想像老師挺起的肚子，和女人挺起的肚子相抵……但不可思議的是，無論如何想像，老師的面無表情都只會立刻讓我聯想排便和性交的動物性表情，沒別的東西填補其間。日常的瑣碎感情並未如彩虹連貫其間，只是一一從極端變貌成另一個極端。若說其間還有些許關聯，給了我些許線索，也只是老師那瞬間相當粗鄙的斥責：「混帳！你想跟蹤我嗎！」

我想煩了，等膩了，最後只想清楚抓住老師憎惡的神情，陷入這種欲求不可自拔。結果我想出來的辦法有點瘋狂，也有點幼稚，而且顯然會對我不利，但我已無法克制自己。甚至不顧那種惡作劇等於主動證明了老師對我的誤解。

我去學校，向柏木詢問店名和地址。柏木也沒問理由就告訴我了。當天我立刻去那間店，我看到許多明信片大小的祇園名妓的照片。

那些濃妝艷抹的女人臉孔，起初看來都一樣，但其中逐漸浮現微妙的個性差異，透過白粉和胭脂的相同面具，晦暗與明亮，敏捷的智慧和美麗的愚蠢，不悅和無限快活，不幸與幸福……多種多樣的色調躍然紙面。最後我終於找到我想找的那一張。那張照片，在店內過亮的電燈下，亮光紙表面反射光線，差點讓我看漏，但在我手中避開反光後，鏽紅色大衣女子的臉孔便出現了。

「我要買這張。」

我對店裡的人說。

我何以變得這麼大膽的不可思議，和我著手實行計畫後變得反常的活潑，難以說明的喜悅鼓舞心情的不可思議，正好相互呼應。我起先的想法是趁老師不在時動手，教他猜不出是誰幹的，但是昂揚的心情逐漸驅使我，終於令我選擇危險的方法，讓他清楚知道是我幹的。

迄今送早報去老師房間仍是我的職責。三月某個還很冷的早上，我一如往常去玄關拿報紙。從懷中取出祇園藝妓的照片夾在報紙中間時，我的心跳急促。

前院的下車處中央，圓形樹籬圍繞的蘇鐵正沐浴朝陽。那粗糙的樹幹表面，被晨光鮮明地鑲邊。左邊有瘦小的菩提樹。四、五隻遲歸的黃雀聚在枝頭，發出撥念珠似的細碎叫聲。我很意外這時還有黃雀，但在朝陽照耀的枝頭移動小巧黃色胸毛的的確是黃雀。前院的白色碎石子很安靜。

我小心翼翼走過胡亂打掃後到處濕淋淋的走廊，以免雙腳沾濕。大書院的老師房間紙門緊閉。一大清早連紙門的白色都還格外新鮮。

我跪在走廊上一如往常說。

「打擾了。」

老師應聲。我拉開紙門進去，把稍微摺疊的報紙放在桌子一角。老師低著頭在看書。沒看我的眼。……我告退，關上門，強迫自己鎮定，緩緩沿著走廊走回自己房間。

上學前坐在房間的這段期間，我任由心跳越來越快，從未如此懷抱期望等待過甚麼。明明是期待老師的憎恨才那樣做，我的心卻還夢想著人與人互相理解熱情洋溢的場面。

老師或許會突然來我的房間原諒我。被原諒的我，或許有生以來第一次達成那種純潔無垢的開朗感情，就像鶴川的日常生活。最後肯定只剩下老師和我相擁嘆息彼此理解得太晚。

儘管只是短時間，但我無法解釋為何會熱衷於這麼荒唐的幻想。如果冷靜想想，是我自己主動用無聊的愚行得罪老師，讓他從住持繼承人名單劃掉我的名字，進而永遠喪失成為金閣主人的希望，那一刻我甚至忘了對金閣多年來的執著。

我不斷豎耳傾聽大書院那邊老師房間的動靜。但我甚麼聲音都沒聽見。

接著我等待老師粗暴的怒火，雷鳴似的怒吼。我想就算被毆打，踹倒，流血，我大概也不會後悔。

然而大書院那邊安靜無聲，也沒有任何動靜接近。……

那天早上到了上學時刻不得不走出鹿苑寺時，我的心已精疲力盡，一片荒蕪。就算去學校，我也無心聽課。當老師問我問題，我做出牛頭不對馬嘴的回答時，大家都笑了，唯有柏木漠不關心地望著窗外。柏木肯定已察覺我內心的這齣戲。

回到寺中後也沒有任何變化。寺中生活陰暗發霉的永遠性，在今日與明日之間，不可能產生任何差異或懸殊。今天正好是每月兩次講解教典的日子，寺中人都聚集在老師的房間聽講，但我相信，老師八成會藉著講授《無門關》的機會當眾對我發難。

我如此相信的理由是這樣的。今晚上課和老師當面對坐之舉，雖然很不像我的作風，但我感到一種堪稱男子氣概的勇氣。因此我以為老師也會相應地表現出男子氣概的美德，打破偽善，當著寺中全體的面前揭發我做的勾當，進而責問我卑劣的行為。

……昏暗的電燈下，寺中人拿著《無門關》的講義聚集。晚上很冷，但只有老師身旁有個小手爐。吸鼻涕的聲音響起。老少眾人低垂的臉孔被暗影鑲邊，每張臉上都瀰漫難以形容的無力。新來的徒弟白天在小學當老師，他的近視眼鏡總是快滑落貧瘠的鼻樑。

只有我感到體內充滿力量。至少我這麼以為。老師翻開講義環視眾人，我的目光追隨老師的目光。我想讓他看見我絕對不會垂下眼迴避。但老師埋在鬆弛皺紋中的眼睛沒有流露任何興趣，逕自掠過我移往旁邊的臉孔。

開始上課了。我一心只等著講課內容突然轉向我的問題。我豎起耳朵。老師高亢的聲音滔滔不絕。我始終沒有聽見老師的任何心聲。……

那晚失眠的我很想蔑視老師，嘲笑他的偽善，但逐漸萌生的悔恨，令我無法永遠保持這昂揚心緒。對老師那種偽善的輕蔑，奇妙地與我的軟弱結合，終於判定他是不足為取的對手後，我甚至發現就算我去道歉也不代表是我輸了。一度曾攀升頂端的心情，頓時不斷加速度衝下陡坡。

我決定隔天早上就去道歉。到了早上，我又決定今天之內去道歉。老師的表情依然不見任何變化。

這是個颳風的日子。放學回來，我隨手打開桌子抽屜，發現一個白紙包裹。裡面包的，正是那張照片。包裝紙上沒有寫任何字。

老師似乎打算用這種方法解決事件。不是擺明了不追究，他似乎只是要讓我明白我的行為無效。但這種奇妙的歸還照片的方式，頓時令我浮想聯翩。

「老師肯定也很痛苦。」我想。「他一定是在不堪其擾之下才會想出這種方法。現在他的確恨我了。他八成不是對照片本身憤恨，而是因為這樣一張照片害他不得不在自己的寺中背人耳目，趁人不在時躡足溜過走廊，去他從未去過的徒弟房間，就像犯罪一樣打開我的桌子抽屜，做出這種猥瑣的模樣。因此老師現在有充分的理由恨我了。」

想到這裡，我的心頭突然迸出莫名其妙的喜悅。之後我愉快地開始動手。

我拿剪刀把女人的照片剪碎，用筆記本的厚紙包裹兩層，握在手裡去金閣。

金閣在晚風呼嘯的月空下，一如往常散發陰鬱的均衡聳立。林立的細柱被月光照亮時看似琴弦，金閣就像異樣巨大的樂器。有時月亮的高低會造成這種錯覺，今晚正是如此。但晚風徒勞地吹過絕對不會響的琴弦縫隙。

我撿起腳邊的小石頭。用紙包住小石頭，用力扭緊。然後把這剪碎後包了石頭的女人臉孔碎片扔進鏡湖池的池心。緩緩泛開的漣漪，最後擴散至我在水邊的腳下。

❖

那年十一月我的突然出走，是這所有事情累積的結果。

事後回想，這看似突然的出走其實也有長期考慮和猶豫的時期，但我更喜歡把它視為突如其來的衝動之舉。我的內心根本上欠缺衝動，因此我尤其喜歡模仿衝動。比方說，要去給父親掃墓，打從前一晚就擬定計畫的男人，當天出了家門，都已來到車站前了，卻突然改變主意跑去酒友家，像這種場合，能夠說他純粹是個衝動的男人嗎？他突然改變心意，其實是比之前長時間準備掃墓更有意識地對自己的意志進行復仇吧？

我出走的直接動機，是因為前一天，老師頭一次用毅然決然的語氣宣告，「我的確曾打算將來選你當繼承人，但我現在明白告訴你，我已經沒那個意思了。」

不過這雖是第一次被宣告，可我應該老早就對這個宣言有預感，也有所覺悟了。這個宣言於我並非晴天霹靂。所以事到如今我也不可能感到震驚或手足無措。不過，我還是喜歡把自己的出走視為受到老師這番宣言的刺激，衝動之下的行為。

我用照片確定老師的確恨我後，開始明顯地荒廢學業。預科一年級時的成績，最高分是華語和歷史的八十四分，以總分七百四十八分在八十四人中排名二十四名。上課時數四百六十四小時中只缺席了十四小時。可是預科二年級的成績總分是六百九十三分，在七十七人之中落到三十五名。不過，雖然沒錢玩樂消磨時間，卻只為享受翹課這種閒暇就故意懶於上學，是到了三年級才開始的。三年級這個新學期，就緊接在照片事件後開始。

第一學期結束時，學校提出警告，老師責罵我。我的成績欠佳、缺席時間過多固然是挨罵的理由，但一學期只有三天的禪宗教義課我也翹課，令老師大為光火。學校的禪宗教義課，在寒暑假及春假前各有三天，和各種專門道場採取同樣的形式進行。

老師罵我時是把我叫進他房間的難得機會。但我只是低著頭，沉默以對。我暗自等待的只有一件事，老師卻對照片事件、乃至更早之前的妓女勒索事件絕口不提。

但打從這時起，老師對我的態度變得明顯疏離。說穿了那本就是我期盼的結果，也是我一心想看到的跡證，等於是我的某種勝利，而且只要翹課就足以獲得這項勝利。

預科三年第一學期我的缺席時數多達六十幾小時，這幾乎是一年級三個學期加起來的缺席時數的五倍。那麼多時間我既沒看書，也沒錢去吃喝玩樂，除了偶爾和柏木說說話之外，我始終獨自無所事事。我保持緘默，一個人甚麼也沒做，以至於我對大谷大學的記憶幾乎和無為的記憶難以區分。這種無為或許也是我個人的一種禪宗教義課，在這樣的時候，我片刻也不覺無聊。

有時我會在草地坐上數小時，眺望螞蟻搬運細碎紅土築巢。並非螞蟻激起我的興趣。也曾久久望著學校後面的工廠煙囪冒出的輕煙發呆。並非輕煙激發我的興趣。……我覺得自己似乎脖子以下都沉浸在自我的存在。外界處處忽冷忽熱。是的，該怎麼說才好呢，外界有時呈現斑點有時是條紋狀。自己的內部與外界不規則地徐緩交替，周遭無意義的風景如實映在我眼中，風景闖入我內在，而且沒闖入的部分猶在彼方活潑地閃閃發亮。發亮的有時是工廠的旗幟，有時是圍牆上不起眼的汙漬，有時是扔在草叢中的一隻舊木屐。所有事物在每一瞬間於我內在誕生又死絕。該說那是所有不成形的思想嗎……重要的東西與瑣碎事物攜手，今天在報紙看到的歐洲政治事件，與眼前的舊木屐似乎也有難以割捨的關聯。

我也曾針對一片草葉尖端的銳角思考許久。說是「思考」也許並不恰當。那不可思議的瑣碎念頭絕不持久，在我不知是生是死的感覺之上，如副歌的旋律執拗地反覆出現。為何這草葉的尖端非得是這麼尖銳的銳角？如果是鈍角，難道就會喪失雜草的種別，大自然就必然會從那一角開始崩壞？或許只要大自然的一個小齒輪脫軌，就能顛覆整個大自然？我徒然思考著那樣的方法。

——老師的責罵很快就傳遍全寺，寺中人對我的態度一天比一天惡劣。那個曾經嫉妒我上大學的徒弟，如今總是露出誇耀勝利的鄙薄淺笑看著我。

夏去秋來，我繼續過著在寺內幾乎不與任何人說話的生活。我出走的前一天早上，老師命令副司來叫我。

那天是十一月九日。我正要去上學，因此穿著制服去見老師。

老師本來圓潤柔和的臉孔，一見到我，頓時異樣僵硬地凝縮著不得不對我說話的不快。至於我，倒是很痛快看到老師像看到痲瘋病人那樣看我。這才是我想看到的充滿人性化感情的眼神。

老師立刻撇開眼，一邊對著小暖爐搓手一邊發話。那柔軟的掌肉互相摩擦的聲音，在初冬清晨的空氣中，幽微卻又清澈地刺耳響起。和尚的肉與肉，有種超乎必要的親密感。

「你死去的父親，不知會有多麼傷心。你看看這封信。學校又來信提出警告了。這樣下去會有甚麼下場，你自己不妨好好想想。」——然後，老師緊接著就說出了那句話。「我的確曾經打算將來讓你當繼承人，但我現在明白告訴你，我已經沒那個意思了。」

我沉默許久，說道：

「您已經放棄我了嗎？」

老師沒有立刻回答。最後方說，

「你都做到這種地步了，還不想被放棄嗎？」

我沒回答。過了一會，我不知不覺結結巴巴說起別的事。

「老師對我瞭如指掌。我也自認瞭解老師。」

「瞭解又怎樣？」——和尚的目光晦暗。「還不是毫無用處。徒然無益。」

我從未見過像他此刻這樣完全放棄現世的神情。我從未見過有誰被生活的細節、金錢、女人、所有的東西一一弄髒手，還如此輕蔑現世的神情。……我感到一種碰觸面色紅潤猶帶餘溫的屍體的厭惡。

那時，我心中湧起哪怕片刻也好，只想遠離周遭一切事物的迫切感。離開老師的房間後，我也不斷這麼想著，這個念頭越來越強烈。

我把佛教辭典和柏木給的尺八用包袱巾包好。拎著這包袱和書包急忙趕往學校時，我滿腦子只想著出發。

一踏入校門，柏木正好走在我前面。我拽著柏木的手臂把他帶去路旁，請他借給我三千圓。並且拜託他收下佛教辭典和尺八充作些許補貼。

柏木每次提出悖論時那種堪稱哲學式的爽快從臉上消失了。他瞇起眼，用迷濛的眼神望著我。

「《哈姆雷特》劇中，雷爾提斯的父親是如何忠告兒子的你還記得嗎？他說，『不能向人借錢，也不能借錢給別人。錢借出去就沒了，還會失去朋友。』」

「我已經沒有父親了。」我說。「不借就算了。」

「我又沒說不借。咱們好生商量嘛。現在就算把我所有的錢都找出來也不見得有三千圓。」

我當下差點脫口說出從插花老師那裡聽來的柏木向女人騙錢的巧妙手法，但我忍住了。

「先想想怎麼處理字典和尺八吧。」

柏木說著，當下轉身走向校門，於是我也跟著轉身，放慢步子和他並肩同行。柏木說，那個光俱樂部的學生社長因涉嫌黑市金融遭人檢舉，九月獲釋後，信用一落千丈，目前似乎處境艱難。從今年春天起，光俱樂部的社長就引起柏木的強烈興趣，經常出現在我倆的話題中，深信他是社會強者的柏木與我，做夢也沒想到短短兩周後那人就會自殺。

「你要錢做甚麼？」

突然被這麼一問，我心想這一點也不像柏木會問的問題。

「我想出門四處旅行。」

「還會回來嗎？」

「大概……」

「你想逃避甚麼吧。」

「我想逃離周遭的一切。逃離周遭散發的無力的氣息……老師也是無力的。嚴重無力。我知道。」

「也逃離金閣嗎？」

「對呀。也逃離金閣。」

「金閣也是無力的嗎？」

「金閣不是無力。絕非無力。但它是一切無力的根源。」

「這的確像你會有的想法。」

柏木說著，照例用那誇張如跳舞的步伐走在人行道上，同時異常愉快地咂嘴。

在柏木的帶路下，我們去一家冷清寒酸的小古董店賣掉尺八。只賣了四百圓。接著去舊書店好不容易才把辭典賣了一百圓。為了借給我另外的二千五百圓，柏木帶我一起回到他的住處。

在那裡，他提出奇妙的方案。柏木說尺八是還給他的，字典可視為我送給他的禮物，兩者都曾一度歸他所有，因此賣得的五百圓自然也屬於他，二千五百圓加上這筆錢，當然等於借給我三千圓。在還清之前，他要求月息按一分計算。和光俱樂部月息三分四厘的高利貸相比，幾乎算是值得感恩的低利了。……他取出白紙和硯盒，慎重其事地寫下這些條件，要求我在這張借據蓋上拇指印。我討厭思考未來，因此當下用大拇指按印。

——我心急如焚。懷中藏著三千圓走出柏木住處，立刻搭乘電車在船岡公園前下車，衝上通往建勳神社的迂迴石階。因為我想去那裡抽籤，讓神明指點我旅行方向。

走上石階，右手邊是義照稻荷神社鮮豔的朱紅色社殿，只見一對石雕狐狸被鐵絲網圍起。石狐的嘴中叼著卷軸，尖銳豎起的耳中也塗成紅色。

這是個陽光黯淡，不時颳起冷風的日子。石階的石頭顏色，看似灑落一層細灰，原來是樹梢篩落的黯淡陽光。那陽光實在太弱，所以看似髒灰。

但是當我來到建勳神社寬闊的前庭時，一口氣爬上來的我已經滿身大汗了。正面是通往拜殿的石階。前方有平坦的石板延伸。左右有低矮的松林匍匐於參道的天空下。右邊有木牆色澤老舊的社務所，玄關門上掛著「命運研究所」的牌子。社務所靠近拜殿那頭有白色倉庫，那裡零星聳立杉樹，冰冷的蛋白色雲朵蘊含悲愴光芒亂堆的天空下方，是京都西郊的群山。

建勳神社主要祭祀的是織田信長，以信長的長子信忠為配祀。神社雖簡樸，圍繞拜殿的朱紅色欄杆卻增添一抹艷色。

我走上石階，行禮膜拜，拿起捐香油錢的功德箱旁架子上的古老六角木盒。我晃動籤盒。一根削得很細的竹籤從孔中掉出。上面只用墨筆寫著「一四」。

我轉身。一邊嘀咕著「一四……一四……」一邊走下石階。那個數字的聲音停滯在我的舌間，似乎逐漸具有意義。

我在社務所的玄關出聲詢問。一個似乎正在洗東西的中年女人出現，一邊還在執拗地拿解下的圍裙擦手。她面無表情地收下我按照規定給的十圓。

「幾號？」

「十四號。」

「在那邊露台等一下。」

我在露台坐下等候。等著等著，越發覺得依靠那女人濕淋淋且龜裂的手來決定我的命運毫無意義，我本就打算賭注在那種無意義上，所以那樣也好。緊閉的紙門中，響起似乎很難打開的老舊小抽屜的拉環撞擊聲以及掀動紙頁聲。

最後門微微拉開，

「拿去吧。」

女人說著遞給我一張薄紙。紙門又關上了。薄紙一角留下潮濕的指印。

我看紙面。上面寫著「第十四號　凶」。

汝有此間者遂為八十神所滅

此乃遭逢燒石飛矢等困難苦節之大國主命

應奉御祖神之教示退離此地　悄然脫身之兆[49]

後面的解說寫著這是指萬事不如意，前途充滿不安。我並不害怕。我看著

49 汝有此間者……此句出自《古事記》上卷大國主命的故事。八十神指眾神。大國主命是神代的出雲國主神。籤詩大意是遭到同父異母的兄弟眾神以燒燙的石頭或箭矢攻擊迫害的大國主命，在先祖之神的諭示下離開避禍的預言。

下方各種細目之中的旅行那一欄。

上面寫著「旅行——凶。西北尤其不利」。我決定去西北方旅行。

❖

開往敦賀的列車將於清晨六點五十五分自京都車站發車。寺中是五點半起床。十日早晨，即使我一起床立刻換上制服也無人訝異。大家都已習慣了對我視而不見。

人們在破曉時分的寺內各自散開，紛紛動手掃地或擦地板。六點半之前是清掃時間。

我負責打掃前庭。我計畫不帶任何行李，就像突然遇上神隱[50]般悄悄出發旅行。黎明中隱約泛白的碎石子路上，只有我和掃帚在動。突然掃帚倒下，我消失無蹤，之後只剩微明中的白色碎石子路——我幻想著自己一定要這樣出發。

也因此我並未向金閣道別。在包含金閣的全部環境中，必須只有我被猝然奪走。我緩緩朝著山門掃去。松樹樹梢之間可看見破曉晨星。

我的心跳劇烈。我必須出發。這句話幾乎堪稱已振翅欲飛。總之無論如何，我必須從我的環境，從束縛我的美的觀念，從我的坎坷不遇，從我的口吃，從我的存在條件出發。

掃帚就像果實離枝，自然地從我手中掉落破曉的草叢中。我躲在樹蔭後躡足朝山門走去，出了山門後拔腿就跑。第一班市電逐漸駛近。混在看似工人的零星乘客之間，我開心沐浴在車內煌煌電燈下。我感覺自己彷彿從未來到如此明亮之處。

那趟旅行的詳情至今我仍可在腦海浮現種種回憶。我並非毫無目的地出走。我已決定去中學時代校外旅行的地點。但是朝著那邊徐徐接近時，出發與

50 神隱，小孩突然失蹤。自古以來被視為天狗或山神所為。

解放的念頭太強烈，因此我的面前彷彿只有未知。

火車走的那條路線，明明是開往我出生故鄉的熟悉路線，但我從未以如此新鮮新奇的姿態打量這輛被煤煙燻黑的老舊列車。車站，汽笛，乃至黎明時分擴音器沙啞的聲音回響，都在重複同一種感情，不斷強調，在我面前展開令人耳目一新的抒情展望。朝陽切割廣大的月台。跑過月台的鞋聲，響亮的木屐聲，一直單調鳴響的鈴聲，車站小販從籃子取出的橘子顏色……這些全都似乎是我委身之龐然大物的一個個暗示，一個個預兆。

車站的任何瑣碎片段，都朝著別離和出發的統一情感被集中。在我眼下朝後方不斷退去的月台，異常灑脫有禮地退去。我如此感到。這種漠無表情的水泥平面，藉由從那裡行動、離別、出發的事物，不知顯得多麼輝煌。

我信賴火車。這種說法很可笑。雖然是可笑的說法，但它能夠保證「自己的位置逐漸從京都車站移向遠處」這種難以置信的念頭，因此只能這麼說。在鹿苑寺的夜晚，我經常聽見貨運列車行經花園附近的汽笛聲，而我如今正要搭乘那不分日夜確實疾駛的列車奔向我的遠方，這只能說太不可思議。

火車沿著昔日我和生病的父親一起見過的群青色保津峽行駛。愛宕連山與嵐山西側這裡至園部之間的地區，想必是受到氣流影響，氣候與京都市截然不同。十月、十一月、十二月期間，從晚間十一點至早上十點左右，保津川升起的大霧總是規律籠罩這片地區。那白霧不斷流動，很少中斷。

田園模糊延展，收割過的田地看似青黴色。田埂上零星的樹木，高矮大小各不相同，枝葉高處被修剪過，細瘦的樹幹都被此地稱為蒸籠的稻草堆圍繞，因此他們依序自霧中出現的模樣宛如樹木幽靈。而且有時就在車窗口，以幾乎看不清的灰色田地為背景，忽然出現一棵異常鮮明的大柳樹，沉重垂落濡濕的葉片，在霧中微微搖曳。

自京都出發時曾經那樣生氣蓬勃的心情，如今又被引向對死者們的追憶。有為子和父親還有鶴川的回憶，在我內心喚起一種難以形容的溫情，我懷疑自己是否只能把死者當作人來愛。不過話說回來，死者們與生者相較，是多麼容易被愛啊！

三等車廂的乘客不多，難以被愛的生者們，不是忙著抽菸就是在剝橘子皮。某公共團體的老幹部正在旁邊的座位大聲說話。他們都穿著老舊邋遢的西裝，其中一人的袖口露出已經破掉的條紋裡布。人就算年齡增長也絲毫不減平庸，這點讓我再次感嘆不已。看似農民滿是皺紋的黝黑大臉，伴隨酗酒造成的沙啞嗓音，呈現一種或可稱為「平庸的精華」的氣質。

他們正在評論哪些人該捐款給公共團體。其中一名態度從容的禿頭老人沒有加入對話，只是用或許已洗過幾萬次的泛黃白麻手帕不斷擦手。

「瞧我這麼黑的手，都是被煤煙自然而然汙染的。真是傷腦筋。」

另一人接話：

「我記得你好像還針對煤煙問題向報紙投書過吧。」

「沒有。」禿頭老人否認。「總而言之，真是傷腦筋。」

我漫不經心地旁聽。聽著他們的對話中不時冒出金閣寺和銀閣寺的名字。必須讓金閣寺和銀閣寺捐款給公共團體，是他們一致的意見。銀閣寺的收入大約只有金閣的一半，但也已是龐大金額了。舉例而言，金閣一年收入應該超過五百萬圓，但寺中生活一如禪家普遍現象，即使加上水電費，一年也花不了二十萬。剩下的錢到哪去了呢?讓小和尚們吃冷飯,大和尚自己卻每晚去祇園花天酒地。而且不用繳稅,等於和治外法權一樣。老幹部們紛紛說,一定得要求那種地方捐錢。

那個禿頭老人依舊在用手帕擦手,等到話題告一段落,他說,「真是傷腦筋。」那成了眾人的結論。老人擦了又擦的手,沒有煤煙的痕跡,散發象牙吊飾工藝品的光澤。實際上那樣的手,與其稱為手毋寧該稱為手套。

說來奇妙,這是我第一次聽見世間的批評。我們屬於僧侶的世界,學校也同樣屬於那個世界,從來不會批評彼此的寺院。不過老幹部們的這種對話,一點也沒嚇到我。那全是不證自明的事實!我們的確吃的是冷飯。和尚的確常去祇園。……但,老幹部這種理解的方式,讓我對於被理解有種難以言喻的厭惡。我無法忍受因「他們的說詞」被理解。「我的說詞」和那個不同。希望各位回想一下,當初即使目睹老師和祇園的藝妓同行,我也沒有陷入任何道德上的厭惡。

因此,老幹部們的對話,在我心中就像平庸傳染的氣息,只留下些許厭惡便消失了。我無意援引社會來支援我的思想。也無意給那思想一個讓世人更容易理解的框架。正如我曾多次提及的，不被理解，正是我的存在理由。

——車門忽然開啟，聲音粗啞的小販胸前掛著大籃子出現了。我頓時想起自己還空腹，於是買了一個似乎是用海藻做成綠色麵條代替米飯的便當吃。霧散了，但天空不見陽光。丹波山邊的貧瘠土地，開始陸續出現種植楮樹的造紙人家。

舞鶴灣。這個地名打從以前就一直吸引我心。不知為何。打從在志樂村度過的少年時期，它就成為看不見的大海統稱，成了我對大海預感的代名詞。那看不見的海，可以從志樂村後方聳立的青葉山頂清楚看見。我只去過青葉山頂兩次。第二次時，我們看見正巧進入舞鶴軍港的聯合艦隊。

艦隊停泊在波光粼粼的灣內，或許是祕密集合。關於這支艦隊的事一概屬於機密，我們幾乎懷疑那樣的艦隊是否真的存在。所以遠眺聯合艦隊，就像只聞其名只看過照片的威嚴黑色水鳥，不知正被人類盯著，在威風的老鳥戒護下，成群在那兒戲水。

……火車車掌播報下一站是「西舞鶴」的聲音喚醒了我。之前慌張扛著行李的水兵乘客已經不見了。開始準備下車的，除了我之外只有兩三個看似做黑市買賣的男人。

一切都變了。英文交通標誌耀武揚威似地在各處街角招搖，當地已成為外國港都。許多美國大兵來來往往。

初冬陰霾的天空下，寒冷的微風帶著鹹味吹過寬敞的軍用道路。與其說是大海的氣息，毋寧是無機質、生鏽鋼鐵的氣息。只見彷彿被引導著深入市中心的運河般狹隘的海面，那片死水，繫在岸邊的美國小艦艇……這裡的確和平，但太過周到的衛生管理，奪走昔日軍港混雜的肉體活力，把整個城市變得宛如醫院。

我沒想過要在這裡親近大海。吉普車從後面駛來，說不定會因一時好玩就把我撞進海裡。現在想想，我出來旅行的衝動背後其實有大海的暗示，而且那大海想必不是這種人工化港口的海，是幼年在成生岬故鄉接觸過的那種天然未經修飾的危險大海。是肌理粗糙，時時刻刻帶著怒氣，脾氣暴躁的裡日本之海。

所以我打算去由良。夏天擠滿戲水人潮的海灘，到了這個季節也冷清了，想必只有陸地和大海，以黑暗的力量相互較勁。從西舞鶴去由良的路程約有三里之遙，但我的雙腳隱約記得路線。

路線從舞鶴市沿著灣底向西，與宮津線成直角交會，之後越過瀧尻嶺，來到由良川。越過大川橋後，沿著由良川西岸北上。之後順著河流一路到河口。

我離開市街，邁步前行……。

走到腳酸腿軟時，我會這麼自問。

「由良到底有甚麼？我究竟想撞見甚麼明確證據才這麼拼命走？那個地方不是只有裡日本的大海和無人的海灘嗎？」

但我的腳絲毫不肯停歇。不管去哪，不管在哪，我都要到達。我想去的地方叫甚麼地名毫無意義。不管那是甚麼，我萌生直面目的地的勇氣，幾乎堪稱不道德的勇氣。

有時淡薄的陽光照下，路旁的大櫸樹引我去陽光微微灑落的樹下，但不知為何，我感覺時光荏苒已無暇休息。

隨著逐漸接近河川的廣大流域，風景變得徐緩傾斜，由良川突然從山谷間的道路出現。河水碧綠，河面也很寬，水流卻混濁不清，在陰霾天空下，似乎不情願地被徐徐運往大海。

來到河流西岸，汽車和行人就此絕跡。路旁不時可見種植夏橙的果園，卻沒有半個人影。雖有和江這個小部落，在那裡也只是忽然響起撥開草叢的聲音，僅有一隻鼻尖有黑毛的狗冒出頭。

說到這一帶的名勝景點，我知道有歷史可疑的山椒太夫[51]宅邸遺址。我不想去那裡，所以不知不覺過門而不入。因為我只顧著看河川。河中有竹林覆蓋

51 山椒太夫，傳說中住在丹後國加佐郡由良的黑心財主。成為小說和戲劇的題材。

的大片沙洲。我走的路上無風，沙洲的竹林卻隨風匍匐。沙洲上有一兩公頃靠雨水耕種的田地，卻不見農夫蹤影，只見一人背對我這邊正在垂釣。

難得見到一個人影，令我頓感親切。我暗想，

「是釣烏魚嗎？如果釣的是那個，那麼這裡應該已經離河口不遠了。」

這時，被風吹倒的竹林簌簌作響壓過流水聲，看似起霧結果好像是下雨。雨滴打濕沙洲乾涸的河床。轉眼之間，雨已經落到我頭上。我淋著雨望向沙洲，只見那邊已經沒有雨了。垂釣者保持剛才的姿態文風不動。而我頭上的陣雨也過了。

芒草和秋草在路上每個轉角覆蓋我的視野。但河口就快在眼前展開了。因為已有寒冷的海風撲鼻而來。

隨著由良川逐漸接近終點，出現一些冷清的沙洲。河水明確接近大海，被海潮侵犯，但水面越發沉靜，未出現任何徵兆。就像失神瀕死之人。

河口意外狹窄。在此互相融合、互相侵犯的海水，與天空堆積的暗雲連成一片，只是模糊不清地橫陳。

我若要接觸海，就必須迎向越過原野和田地的狂風，繼續再走一段路。風無垠掃向北海。這麼寒冷的強風，在無人的荒野上如此浪費，都是因為海。那是覆蓋這地方冬天的氣流之海，是命令式、支配式的無形之海。

河口彼方有層層相疊的波浪，徐徐展現灰色海面。外型如禮帽的小島，在河口正面出現。那是距河口八里的冠島，是保育鳥類大水薙鳥的棲息地。

我踏入一片田地。我四下張望。這是荒涼的土地。

那時某種意味在我心頭閃現。閃現後旋即消失，失去了意味。我佇立片刻，呼嘯而來的冷風奪走我的思緒。我又再次逆風邁步。

貧瘠的田地通往多碎石的荒地，野草大半已枯萎，至於沒枯萎的綠色，只有緊貼土上如青苔的雜草，那種雜草的葉片也捲曲萎靡。那一帶的泥土早已夾雜沙礫。

令人戰慄的鈍聲響起。有人聲傳來。聽到那個，是在我不禁背對強風，仰望背後的由良岳之際。

我尋找人在何處。沿著低矮的山崖有一條小徑可走下海灘。我發現那裡為抵抗嚴重的海水侵蝕，正在進行護岸工程。水泥柱如白骨四處散落，嶄新的水泥色在沙上顯得異樣生動。令人戰慄的鈍響，原來是水泥攪拌機震動流入模子的水泥所發出的聲響。四、五個鼻頭通紅的工人，訝異地看著穿學生服的我。

我也瞄那邊一眼。就此結束人與人的打招呼。

海水從沙灘呈磨缽形急遽陷落。踩著花崗岩質地的沙子，朝著水邊走去時，我再次萌生自己正朝著剛才心中閃現的某種意義確實地一步步走近的喜悅。強風冷冽，沒戴手套的手幾乎凍僵，但我不在乎。

那正是裡日本的海！那是我所有不幸與陰暗思想的泉源，所有醜陋與力量的泉源。海水洶湧起伏。浪濤不斷湧來，在這波浪頭和下一波之間，可以窺見柔滑的灰色深淵。晦暗海面上空的累累堆積的雲層，兼具沉重與纖細。因為無垠的沉重雲層的累積，鑲嵌著無比輕盈冰冷的羽毛般滾邊，把若有似無的淡藍色天空包圍在中央。鉛灰色海面也守著紫黑色海岬的群山。一切事物都有動搖與不動，以及不斷動盪的黑暗力量，還有如礦物的凝結感。

驀然間，我想起初次見到柏木的那天，他對我說過的話。他說，我們突如其來變得殘虐，往往是在風和日麗的春日午後，在修剪整齊的草皮上，茫然眺望樹梢灑落的光影嬉戲的瞬間。

此刻，我面對海浪，面對狂暴的北風。此刻沒有風和日麗的春日午後，也沒有修剪整齊的草皮。但這荒涼的大自然，比春日午後的草皮更討好我的心，與我的存在更親密。在此我自給自足。我不受任何威脅。

我突然浮現的念頭，是否如柏木所言是一種殘虐的念頭？不管怎樣，這念頭突然在我內心萌生，啟示著之前閃現的意義，明明白白照亮我的內在。只不過我還不及深思，就像被光芒打動般被那念頭打動罷了。但這個過去壓根沒想過的念頭，在萌生的同時，忽然增加力道，變得龐大。反倒籠罩了我。那個念頭，是這樣的：

「一定要燒掉金閣！」

第八章

之後我繼續走，來到宮津線的丹後由良車站前。昔日東舞鶴中學的校外教學旅行時，也是走同樣的路線，從這個車站踏上歸途。車站前的車道人影稀疏，讓我明白此地只靠短暫夏天的熱鬧人潮維持生計。

我臨時起意去掛著「海水浴旅館由良館」這個招牌的站前小旅館投宿。我拉開玄關的毛玻璃門，出聲呼喚，但無人回應。櫃台也滿是塵埃，遮雨板關閉的屋內一片昏暗，沒有任何人的動靜。

我繞到屋後。有個菊花凋謝的樸素小院。高處設有水槽。從水槽垂落的蓮蓬頭，是讓夏天游泳回來的房客沖洗身上沙子用的。

隔著一小段距離有棟小房子，似乎是旅館主人一家居住。緊閉的玻璃門內流洩出收音機的聲響。隱約可聽見高亢的聲音，反而更令人感到屋內沒人。果然，我在那個有兩三雙木屐散落的玄關，趁著收音機聲音的空檔喊了半天，還是白等一場。

背後忽然出現人影。就在陰霾的天空隱約滲入陽光，我發現玄關鞋櫃的木紋變亮時。

我看到一個胖得彷彿身體輪廓融化溢出、小眼睛若有似無的白皙女人。我要求住宿。女人沒有叫我跟著走，只是默默轉身，走向旅館的玄關。

——我被安排的房間，是二樓一角，窗子面向海那個方向的小房間。女人送來的手爐微弱的熱氣，烘熱長期密閉的房間空氣，令那種發霉的臭味變得難以忍受。我打開窗子任由北風吹拂。海那個方向，和剛才一樣，雲層不為給任何人觀賞的徐緩沉重嬉戲仍在繼續。雲就像大自然盲目衝動的反映。而且在其中一部分，必然可以看到明敏的理智形成的藍色小結晶體——藍天的薄切片。看不見海。

……我在這窗邊，又開始追逐之前的念頭。在思考自己為何想燒掉金閣之前，我自問為何沒想過要殺掉老師。

過去我並非完全沒想過要殺掉老師，但我當下明白那是無效的。因為我早就明白，縱然殺了老師，那個光頭和那無力的惡，還是會源源不斷地從黑暗的地平線出現。

一般而言有生命的東西都不具備金閣那種嚴密的一次性。人類只不過是接收大自然各種屬性的一部分，用可替代的方法傳播、繁殖而已。殺人若是為了消滅對象的一次性，殺人就是永遠的誤算。我如是想。因此金閣與人類越發呈現明確的對比，另一方面，從人類容易毀滅的身影中，反而浮現永生的幻影，從金閣的不壞之美，反而飄來毀滅的可能性。像人類這樣注定會死的生物是不可能根絕的。而金閣這樣不滅的東西反倒可以消滅。為什麼人們沒有察覺這點呢？我的獨創性不容置疑。我如果燒毀明治三十年代被指定為國寶的金閣寺，那將是純粹的破壞，無可挽回的破滅，將會確實減少人類製造之美的總量。

在思考的過程中，我甚至萌生一種戲謔的心情。「只要燒掉金閣。」我自言自語。「那個教育效果將會如何顯著啊。因為人們將因此透過類推學習到

『不滅』並不具備任何意義。因為人們將會學到，金閣只是單純地持續至今，在鏡湖池畔聳立五百五十年並不構成任何保證。因為人們會學到，我們的生存凌駕其上的當然前提，就是隨時可能會在明天崩潰的不安。」

是的。我們的生存，的確是在一定期間持續的時間凝固物的圍繞下得以確保。比方說，木匠原本只是為了做家事方便而製造小抽屜，但是隨著時間過去，時間凌駕於那個物體的形態，在數十年數百年後，反而是時間凝固變成那個形態。一定的小空間，起初被物體占據，之後卻會被凝結的時間占據。那是某種靈的化身。中世紀的通俗小說之一《付喪神記》開頭就這麼寫著。

「陰陽雜記云，器物經百年，得化為精靈，誑騙人心，名為付喪神。是以世俗於每年立春前夕，家家清除舊家具，棄於路旁，名曰掃煤。此乃百年不足一年[52]之付喪神應有之災難。」

我的行為或將讓人們睜開眼睛看見付喪神的禍害，拯救他們免於這種禍

52 百年不足一年，亦即九十九年，現代亦將「付喪神」稱為「九十九神」。

害。我透過這行為，或將把金閣存在的世界，推向金閣不存在的世界。世界的意義將會確實改變吧。……

……我感到自己越想越快活。如今圍繞我身邊在我眼前所見的世界，已接近沒落與終結。日落的光線無垠橫亙，金閣承受光線燦然發光，乘載金閣的世界，如指間滑落的細沙，時時刻刻，確實地不斷滑落。……

❖

我在由良館逗留三天就被迫中止，是因為其間我一步也不曾離開旅館，老闆娘覺得可疑，找了警察來。看到走進房間的制服警員時，我先是害怕東窗事發，隨即醒悟我根本沒理由害怕。我回答警察的詢問，照實說出我想暫時擺脫寺院生活因此擅自出走，也拿出學生證給他看，刻意在警察面前把房錢全數付清。結果，警察擺出保護的態度。他立刻打電話給鹿苑寺，確認我的說詞無偽，告訴寺方現在會隨行護送我回寺中。而且為了避免傷害前途有望的我，他還特地換上便服。

在丹後由良車站等火車時下起陣雨，沒屋頂的車站頓時濕淋淋。警察帶我進去車站事務室。他自豪地向我展示，站長和站務員都是他的朋友。不僅如此，他還向大家介紹說我是從京都來訪的外甥。

我忽然領會到革命家的心理。圍著火焰熊熊燃燒的鐵火盆談笑的鄉下站長和警察，絲毫沒有預感世界的變動已迫近眼前，自己的秩序已將崩壞。

「金閣要是燒毀了……金閣要是燒毀了，這些人的世界會改變，生活的金科玉律被推翻，列車時刻表大亂，這些人的法律也將變得無效吧。」

他們絲毫未察覺就在自己身旁，一個未來的罪犯正若無其事地伸手烤火，這讓我暗自竊喜。活潑年輕的站務員大聲吹噓下次休假要去看的電影。那是賺人熱淚的精采電影，也不乏花俏的武打場面。下次休假去看電影！這個年紀輕輕，遠比我強壯、生氣蓬勃的青年，下次休假要去看電影，抱女人，然後睡覺。

他不斷調侃站長，大開玩笑，受到責備，期間還忙著補充木炭，對著黑板寫數字。再次試圖讓我變成生活的魅惑，或者說對生活的嫉妒的俘虜。如果不燒毀金閣，逃離寺中就此還俗，其實我也可以像他這樣被生活掩埋。

……然而，忽有一股暗力重現，把我帶出那裡。我還是得燒掉金閣。另行打造的、我特製的、前所未聞的生命想必會在那一刻開始。

——站長去接電話。之後他走到鏡子前，規矩戴正鑲金線的制服帽。他乾咳一聲，挺起胸膛，像要參加盛大典禮般走向雨停後的月台。之後，我該搭乘的那班火車尚未出現，已經先有轟隆震動鐵軌旁懸崖峭壁的聲響傳來。那是從雨停後的山崖傳來的新鮮潮濕的轟隆聲響。

❖

晚間七點五十分抵達京都的我，被便衣警察護送到鹿苑寺的山門前。這是個寒夜。走出黑色樹幹綿延的松林，山門的頑強形貌逼近時，我看見佇立那裡的母親。

母親湊巧站在那塊寫著「若有違反者將依國法處罰」的告示牌旁。她的一頭亂髮，在門燈照耀下，白髮看似根根倒立。母親的頭髮明明沒有那麼白，燈火下卻看似如此。被頭髮圍繞的小臉動也不動。

母親身材矮小，此刻卻詭異地膨脹，看似巨大。母親身後敞開的山門內，是前庭的黑暗蔓延，她背對黑暗，繫著唯一一件外出會客用已老舊磨損的綴金線腰帶，粗糙的衣服蠢笨鬆垮的模樣，就像站在原地死掉的人。

我頓時不敢走近。一方面也訝異母親為何會來，事後我才知道，老師發現我出走後聯絡母親，母親驚慌之下來到鹿苑寺，就此住了下來。

便衣警察推我的背。隨著逐漸走近，母親的身形徐徐變小。母親的臉在我眼下，她仰望著我，臉孔醜陋地扭曲。

我的感覺應該不曾欺騙過我。母親狡猾凹陷的小眼睛，事到如今，讓我明白我對母親的厭惡是正當的。追本溯源，那是對於被此人生出來的煩躁厭惡，以及深刻的侮辱……前面也提過，那反而讓我與母親絕緣，沒有給我圖謀復仇的餘地。但是羈絆也未曾解除。

……然而現在，看著母親想必半是沉浸在母性的悲嘆中，我突然感到自由了。我不知這是甚麼緣故。總之我感到母親已經不能再威脅我了。

——彷彿被勒緊脖子的激烈嗚咽響起。隨即，她的手伸向我的臉頰，無力地打我一巴掌。

「不孝子！忘恩負義！」

便衣警察默默看著我挨打。母親打人時胡亂甩動指尖，手指無力，因此反而是指甲如冰霰打在我臉上。看到母親邊打我也沒忘記哀求的神情，我不禁撇開眼。過了一會，母親的語調一轉。

「你跑去……跑去那麼遠的地方，哪來的錢？」

「錢？我向朋友借來的。」

「真的嗎？不是偷來的？」

「我沒偷。」

彷彿那是唯一擔心的問題，母親當下安心鬆了一口氣。

「是嗎……你沒做任何壞事吧？」

「沒有。」

「是嗎。那就好。你得好好向方丈道歉。我也再三向方丈陪罪了，但你還是得老老實實道歉，懇求人家原諒。方丈是心胸寬闊的人，我想應該會繼續收留你，但今後你也得洗心革面，否則媽就死給你看。我是說真的。如果不想讓媽死，你就好好悔改。將來成為偉大的和尚……。不談這個了，你還是先去道歉再說。」

我和便衣警察默默跟在母親身後。母親也忘了向便衣警察道謝。

我望著那垂頭喪氣的腰帶不斷顫動的背影，思考是甚麼讓母親變得格外醜陋。讓母親變得醜陋的……是希望。那種希望如同潮濕的淡紅色頑癬，不斷帶來搔癢，不輸給這世間任何東西，盤據在骯髒的皮膚上，是無藥可救的希望。

❖

冬天來了。我的決心日益堅定。計畫雖然一再拖延，但我對於徐徐將之延後毫不厭煩。

接下來那半年，困擾我的毋寧是另一件事。每到月底柏木就會逼我還錢，他會把加上利息後的金額告訴我，滿口汙言穢語地罵我。但我已經不想還錢。為了避免見到柏木，只要翹課即可。

各位不用奇怪我為何沒提到如此下定決心後歷經各種動搖、徘徊不定的過程。因為我的三心二意已經消失。這半年來，我的眼睛只凝視一個未來。這段期間的我，想必明白了幸福的意義。

首先，寺中生活變得輕鬆多了。想到金閣遲早會燒掉，本來難以忍受的也變得容易忍受了。我就像預感死期將至的人，對寺中人也變得親切，進退應對變得開朗，事事都能用心去和解。就連和大自然都和解了。甚至對冬季每天早晨來啄食落霜紅殘果的小鳥們的胸毛都能懷抱親密感。

我甚至忘了對老師的恨意！我擺脫母親，擺脫同儕，擺脫一切事物，成為自由之身。但這種嶄新生活之舒適，我還未愚蠢到將之錯認為不用動手便已成就的世界變貌。無論任何事，只要從終點望去，便可原諒。我擁有從那終點眺望的目光，且感到做出終結的決定操之我手，這才是我獲得自由的根據。

雖說是突然萌生的念頭，但燒掉金閣這個想法，就像剛做好的西服，非常貼合我的身體。彷彿打從呱呱落地，我就有志於此。至少，打從與父親第一次看見金閣的那天起，這個念頭似乎就已在我體內孕育，等待開花。金閣在少年的眼中看似美得非比尋常，已具備了日後我成為縱火者的種種理由。

昭和二十五年三月十七日，我念完大谷大學的預科。兩天後的十九日生日這天，我滿二十一歲了。預科三年級的成績很精采。我在七十九人中排名七十九名，各科最低分是國語四十二分。總計六百一十六小時中缺席二百一十八小時，缺席時數超過三分之一。但這所大學基於我佛慈悲沒有所謂的留級，因此我得以升上本科。老師也默許了。

我視學業如等閒，從晚春至初夏的美麗時光，全部耗費在可以免費參觀的各大寺廟及神社。能走多遠我就走多遠。我想起這樣的一天。

當時我走在妙心寺門前的寺前町。我發現前面有個學生和我用同樣的步伐行走。當他去矮簷的老舊香菸店買菸時，我看見制服帽下的側臉。

那是眉毛壓得很低、白皙敏銳的側臉，看帽子應該是京都大學的學生。他用眼角瞄我一眼。是那種彷彿有暗影流淌而來的視線。這時，我直覺「他肯定是縱火犯」。

當時是下午三點。這個時間並不適合縱火。來到公車行經的柏油路迷失方向的蝴蝶，停在香菸店門口小花瓶的衰敗茶花上。白色茶花枯萎的部分，就像被火燒過的茶褐色痕跡。公車始終沒來，路上的時間停止了。

我不知道為何我會感到那個學生正朝著縱火步步前進。我只是一眼就認定他是縱火犯。他刻意挑選縱火最困難的白晝，緩緩朝自己下定決心的行為走去。他的前方是火焰與破壞，他的背後是被拋棄的秩序。從那制服略顯嚴肅的背影，我如此感到。年輕的縱火犯背影就該是這樣，或許我早就這樣想像過了。陽光照耀的黑色嗶嘰制服背影，充滿不祥的危險氣息。

我放慢步伐，打算跟蹤學生。走著走著，漸漸覺得他左肩略低的背影，似乎就是我自己的背影。他遠比我俊美，但肯定同樣的孤獨，同樣的不幸，同樣被美的妄念促使做出同樣的行為。不知不覺中，我一邊跟蹤他，一邊感到彷彿提前看到自己的行為。

晚春的午後，明媚的春光和空氣的極度鬱悶，很容易發生這種情形。換言之我變成雙重人格，我的分身事先模仿我的行為，讓我清楚看見當我實行計畫時看不見的自身模樣。

公車始終不來，路上也行人絕跡。正法山妙心寺的巨大南門已近。左右對開的巨大門扉，似乎吞沒了所有現象。從這裡看去，在那雄偉壯闊的框架中，敕使門和山門柱子的重複出現，佛殿的屋脊，無數松樹，再加上被鮮明截取的藍天一角，乃至幾片微雲都被併吞。隨著山門漸近，寬闊寺內縱橫的石板地及無數小院的圍牆等無限多之物也加入其中。而且一旦走入山門，就會發現神祕的大門將門內的全部蒼穹及雲朵悉數收納。大型寺院建築就是這樣。

那個學生走入山門。他繞著敕使門外側，在山門前的蓮池畔佇立。接著站在跨越池面的唐式石橋上，仰望聳立的山門。我暗想，「他的縱火目標就是那座山門吧。」

那是壯麗的山門，的確適合被火海籠罩。如此明亮的午後，想必看不見火焰。它被大量濃煙纏繞，無形的火舌舔舐天空的情景，恐怕只有藍天看似扭曲搖曳時才會發現吧。

學生已走近山門，我連忙繞到山門的東側窺視以免被發現。這是外出化緣的僧人回寺的時間。只見三名托缽僧穿著草鞋，從東邊小徑沿著石板路魚貫走來。每人手裡都掛著竹編斗笠。在回到住處之前，他們始終謹守化緣的規矩，眼睛只看前方三、四尺之處，彼此也沒有交談，安靜地在我面前右轉離去。

學生還在山門旁踟躕。最後他倚靠某根柱子，從口袋掏出之前買的香菸。他不安地東張西望。我猜八成是要假裝抽菸趁機點火。最後他抽出一根菸叼在嘴上，把臉湊近點燃火柴。

火柴的火焰，瞬間冒出小小的透明閃光。就連學生自己恐怕都看不見火色，因為午後陽光正好籠罩山門的三面，只有我藏身的這邊有陰影。火焰就在倚靠蓮池畔山門柱子的學生臉孔近前，一瞬間，宛如火焰的泡影浮現。隨即被他用力甩手熄滅。

光是火柴熄滅，學生似乎還不滿足。他用鞋底仔細碾磨扔在基石上的火柴。然後他愉快地抽著菸，不顧我的失望，越過石橋行經敕使門旁，慢條斯理地邁步，就此走出可以看見大馬路上成排屋影略為拉長的南門。

……

原來他不是縱火犯，只是散步的學生。想必有點無聊，有點貧窮，只不過是這樣一個青年。

對於逐一旁觀的我而言，他又不是要縱火，只不過想抽根菸就那麼不安地東張西望的那種小心翼翼，換言之那種學生習氣的小家子氣知法犯法的喜悅，以及火柴已經熄滅還那樣仔細碾熄的態度，也就是他的「文化教養」，尤其是後者讓我很不爽。就因為這種不值一毛錢的無聊教養，他的小火苗受到安全管理。他想必很得意自己是火柴的管理者，是無愧於社會在第一時間就完美防堵火苗的管理者。

京都市區及郊外的各大古剎，之所以在明治維新後少有燒毀，就是拜這種教養所賜。即便偶有失火，火也被寸寸斬斷、被細分、被管理。以前絕非如此。知恩院在永享三年失火，之後也多次遭受祝融之災。南禪寺於明德四年本寺的佛殿、法堂、金剛殿、大雲庵等處失火。延曆寺於元龜二年化為灰燼。建仁寺於天文二十一年毀於戰火。三十三間堂於建長元年燒毀。本能寺被天正十年的戰火焚燒。……

當時火與火互相親近。火沒有像現在這樣被細分、被貶低，火總是與別的火聯手，得以糾集無數的火。人類想必也是如此。火無論在哪都能叫來別的火，聲音立刻傳達。各寺的火災都是不慎失火或遭到別處失火波及或戰火所致，並未留下刻意縱火的紀錄，那是因為即使古代有我這樣的男人，也只需屏息隱身默默等待即可。各寺院遲早必然會被燒毀。火是豐富、放肆的。只要耐心等待，火一定會伺機蜂起，火與火攜手，完成該完成的任務。金閣只不過是因極其稀有的偶然才逃過祝融之災。火自然發生，滅亡與否定是常態，凡人建造的寺院終必被燒毀，佛教原理與法則嚴密地統治人間。就算有縱火，那也是極為自然地訴諸於火的諸種力量，想必沒有任何歷史學家認為那是縱火吧。

當時人間動盪不安。昭和二十五年的現在，人間的動盪不安也不遜於當時。如果過去諸寺是因動盪不安而燒毀，那麼如今金閣豈有不被燒毀之理？

❖

我懶得去上課，只是勤跑圖書館，因此五月的某日，我終於還是遇見我一直在躲的柏木。看到我閃躲的樣子，他一臉好玩地追來。如果我用跑的，內翻足的他絕對追不上，這個念頭反而令我停下腳步。

柏木抓住我的肩膀，上氣不接下氣。我想當時應該是放學後的五點半左右。為了避免碰到柏木，我出了圖書館後總是繞到校舍後方，走西側簡易教室和高聳的石牆之間那條路。那裡在荒地野菊叢生之間扔滿紙屑及空瓶，經常有小孩偷偷跑來丟球玩。孩童的喧鬧聲，更加突顯出透過破玻璃望見的放學後教室內成排課桌布滿灰塵的冷清蕭索。

我是在穿過那條路來到本館西側，花道社掛著「工房」牌子的小屋前時停下腳步。牆邊聳立的成排楠樹隔著小屋的屋頂，將透過夕陽的細碎葉影映在本館的紅磚牆上。沐浴夕陽的紅磚格外艷麗。

柏木氣喘吁吁地靠著那面牆，楠樹搖曳的葉影妝點他素來憔悴的臉頰，形成奇妙躍動的光影。也或許是和他不搭調的紅磚牆的反襯才看似如此。

「五千一百圓。」他說。「到這個五月底就五千一百圓囉。你要靠自己還清這筆錢越來越難了。」

他從胸前口袋取出一直放在那裡折疊成小方塊的借據，打開給我看。或許是怕我搶來撕破，他隨即又慌忙折好放回口袋，因此在我眼中，只留下一抹毒辣的朱紅色手指印的殘影。我的指紋看起來異常悽慘。

「快點還錢吧。這是為你好。隨便你要挪用學費還是甚麼都行。」

我沉默以對。眼看世界即將破滅，還有甚麼義務必須還錢？我有點想給柏木一丁點暗示，但想想還是算了。

「你不說話誰知道你想幹嘛。你是口吃不好意思開口？現在難為情太晚了吧！就連這個都知道你口吃。就連這個——」他說著握拳敲打夕陽映照的紅磚牆。拳頭染上紅赭色粉末。「就連這面牆都知道。全校還有誰不知道。」

但我依舊用沉默與他對峙。這時孩子們的球丟歪了，滾到我倆之間。柏木彎身準備撿球還給小孩。我忽然萌生惡意的好奇，想看他面對前方一尺處的球，內翻足要怎樣活動才能讓他撿到球。我似乎無意識地盯著他的腳。柏木察覺的速度幾乎堪稱神速。他挺起尚未完全彎下的腰凝視我，眼中已失去他平日的冷靜，浮現憎惡。

一個小孩畏畏縮縮走近，從我們之間撿起球就逃跑。柏木終於說。

「好吧。既然你是這種態度，那我也有我的對策。下個月返鄉之前，不管怎樣我都會把該討的錢討回來。你想必也有那個覺悟吧。」

❖

到了六月，重要課程漸少，學生開始準備各自返鄉。就在我永遠忘不了的六月十日。

一早就下個不停的雨，入夜後變成滂沱大雨。晚餐後我在自己房間看書。

晚間八點左右，我聽見腳步聲從客殿沿著通往大書院的走廊接近。難得沒有外出的老師似乎有訪客。但那腳步聲很奇特，聽來就像雨滴胡亂打在木板門上。帶路的徒弟腳步聲安靜規律，可是訪客的腳步聲踩得走廊的舊木板異樣傾軋作響，而且非常緩慢。

雨聲籠罩鹿苑寺陰暗的簷下。落在巍然古寺的雨，等於是用雨水填滿了無數空寂房間散發霉味的夜晚。庫裏、執事宿舍、殿司宿舍、客殿，聽到的都只有雨聲。我想著此刻占領金閣的雨。稍微拉開房間紙門。只有石頭的狹小中庭溢滿雨水，水沿著露出黑色光亮背脊的石頭之間流動。

新來的徒弟從老師房間回來，把腦袋伸進我房間說：

「有一個姓柏木的學生來找老師喔。那不是你的朋友嗎？」

我頓時陷入不安。我連忙叫住這個白天在小學教書，戴著近視眼鏡的男人，把他請進房間。因為我受不了獨自想像大書院那邊的對話。

過了五、六分鐘。傳來老師的搖鈴聲。鈴聲貫穿雨聲，凜然響徹四周，又戛然而止。我們面面相覷。

「在叫你呢。」

新來的徒弟說。我勉強站起來。

有我手印的借據攤開在老師的桌上，老師拎起那張紙的一角，展示給跪在走廊的我看。他沒有允許我進房間。

「這的確是你的拇指印吧？」

「是。」我回答。

「你可真會替我找麻煩啊。今後如果再有這種事，寺裡就不能留你了，你最好記住。另外還有……」老師說到一半大概是忌憚柏木在場，頓時噤口不語。「這筆錢我替你還，你可以退下了。」

這句話讓我終於有餘裕去看柏木。只見他神情肅穆地坐著。他果然不敢正視我。作惡時的他，或許自己也沒意識到，會露出彷彿從性格核心抽出的最純潔的表情。知道這點的只有我。

回到自己房間後，我在響亮的雨聲中，突然從孤獨中獲得解放。新來的徒弟早已走了。

「寺裡就不能留你了。」我第一次從老師口中聽到這句話，等於抓住老師的話柄。事態突然變得明瞭。老師已有放逐我的念頭。我必須盡快行動。

如果柏木沒有採取今晚這種行動，我也就沒機會從老師口中聽到那句話，或許還會繼續拖延行動的時間。想到促使我下定決心的是柏木，我對他湧起一種奇妙的感激。

雨勢絲毫不見衰減。雖是六月卻有點冷，被門板圍繞的五帖儲藏室，在昏暗的電燈下看似荒涼。這就是我未來或許會被趕出去的住處。沒有任何裝飾，變色的榻榻米黑色邊緣破了也沒修補，歪歪扭扭的，有些地方露出堅硬的縫線。走進陰暗的房間開燈時，我的腳趾經常被那裡勾住，但我無意修補。我對生活的熱意和榻榻米無關。

五帖的空間，隨著夏季將至，鬱積我酸腐的臭氣。可笑的是我是僧侶，而且有青年的體臭。臭味滲入四隅那些老舊發出烏光的粗柱乃至舊門板，那些東西從古色古香的木紋之間散發年輕生物的惡臭。那些柱子和門板，已經化為半帶腥味的不動的生物。

這時，之前那奇異的腳步聲沿著走廊傳過來。我起身去走廊。只見陸舟松在那頭老師房間的燈光照耀下，高聳著被淋濕後發黑的綠色船首，柏木此刻背對那個，彷彿機器忽然停擺般呆立原地。而我卻滿面笑容。柏木見到我的笑容，臉上頭一次露出幾近恐懼的情緒。這令我很滿足。我說，

「你不來我的房間坐坐嗎？」

「搞甚麼，別嚇唬人好嗎。你真是怪人。」

——柏木最後照例用那蹲坐般的動作緩緩在我的單薄坐墊側坐。他抬頭環視房間。雨聲如厚重的緞帳隔絕戶外。打在露台的水花中，不時有雨滴濺起噴到紙門上。

「你可別怪我。我不得不使出這招，說穿了是你自作自受。不提那個了。」他說著從口袋掏出印有鹿苑寺名稱的信封，點數鈔票。鈔票是今年正月發行的新鈔，只有三張千圓鈔。我說：

「這裡的鈔票很乾淨吧？因為老師有潔癖，副司每三天都要去銀行換一次

零錢。」

「你看。只有三張。你家和尚也太摳門了吧。他說學生之間的借貸沒有利息可言。可他自己卻拼命撈錢。」

柏木這意外的失望，令我衷心愉快。我盡情大笑，柏木也跟著笑了。但這般和解也只有片刻，笑完之後，他看著我的額頭，像要無情推開我似地說。

「我看得出來。最近你正打算幹出毀滅性的舉動。」

我難以承受他沉甸甸的視線。但是想到他所謂「毀滅性」的理解，和我的志向相差甚遠，我又找回了鎮定。回答時甚至沒有結巴。

「不。……我沒有。」

「是嗎。你真是怪胎。是我到現在見過的人之中最怪的傢伙。」

我知道那句話是針對我嘴邊尚未消失的親密微笑，但我內心湧現的感激，他絕對不可能理解其中的意義。這個確定的預測，讓我的微笑自然變得更大。站在世間一般友情的平面，我問道：

「你要返鄉了嗎？」

「對。我打算明天就回去。三宮的夏天啊。雖說待在那邊也很無聊……」

「暫時在學校見不到面了呢。」

「少來了。你本來就不來學校露面。」——柏木說著，匆匆解開制服胸前的鈕扣，摸索內袋。「……返鄉之前，我想給你一個驚喜，所以特地帶了這個來。因為我看你好像太高估那小子。」

他朝我桌上扔出四、五封信。一看寄信人的名字，我當下愕然，柏木若無其事說：

「你打開看看。是鶴川的遺物喔。」

「你和鶴川的關係那麼親密？」

「還好啦。算是以我的方式親近吧。不過那小子生前很討厭被視為我的朋友。可他偏偏只對我說出心底話。他已經死去三年了，我想給人看應該也沒關係了。尤其是你，以前關係特別近，所以我老早就打算只給你一人看看。」

信上的日期，都是鶴川臨死前的。昭和二十二年五月，鶴川幾乎天天從東京寄信給柏木。他一封信也沒給過我，可是這樣一看，他分明自回到東京的翌日起就天天寫信寄給柏木。字跡的確是鶴川那有稜有角的稚拙筆跡。我萌生輕微的嫉妒。在我面前看似感情透明沒有任何偽裝的鶴川，有時甚至會說柏木的壞話，指責我和柏木的來往，結果他自己居然這樣私下偷偷和柏木來往。

我按照日期的先後順序，開始看小字寫在單薄信紙上的內容。文章拙劣無比，思緒一再停滯，要看完全文並不容易，但是前後文章的背後隱約浮現痛苦，看到日期較晚的來信時，鶴川的痛苦之鮮明已躍然紙面。我看著看著不禁哭了。一邊哭，同時也為鶴川平凡的苦惱暗自驚愕。

那只不過是隨處可見的小小戀愛事件。只不過是和父母反對的對象不為世間所知的戀愛悲劇。但寫信的鶴川似乎在不知不覺中犯下感情的誇張，接下來那段話令我愕然。

「如今想來，這不幸的戀愛，似也因我不幸的心所致。我生來就有陰暗的心靈。我的心，此生似乎終究不識自在的光明。」

看到最後一封信的末尾用激烈的語氣如此打住，那一刻，過去我想都沒想過的懷疑終於冒出。

「難不成……」

見我欲言又止，柏木點點頭。

「沒錯。是自殺。我只能這麼想。他的家人大概是礙於社會體面才說甚麼被卡車撞死吧。」

我氣得結結巴巴逼柏木回答。

「你有寫回信吧？」

「寫了。但是好像在他死後才寄到。」

「你寫了甚麼？」

「我叫他別死。就這樣。」

我緘默。

我曾確信感覺不會欺騙我，結果卻是一場空。柏木又補了致命一擊。

「怎麼樣？看完之後人生觀改變了吧？計畫全都落空了？」

柏木事隔三年給我看信的用意很明白。但我雖受到莫大衝擊，少年躺在夏草叢中，任由朝陽灑落樹梢在白襯衫上散落小塊斑駁光影的情景，卻仍縈繞在我記憶中。鶴川死了，三年後如此變貌，我曾以為寄託在他身上的東西也隨他死去一同消失了，但這一瞬間，反而以另一種現實性起死回生。比起記憶的意義，我更相信記憶的實質。因為我確信，如果不相信那個，生命本身就會崩壞。……但柏木俯視我，對於他剛剛親手做出的心靈殺戮異常滿足。

「怎樣，你內心有甚麼壞掉了吧？我最不忍心看到朋友抱著容易壞掉的東西活著。我的善心，就是不斷破壞那個。」

「如果還沒壞掉怎麼辦？」

「別幼稚地嘴硬了。」柏木嘲笑我。「我只想讓你知道。讓這世界變貌的是認知。你知道嗎，其他東西都無法改變世界。唯有認知，能讓世界在不變的狀態下改變。唯有從認知的眼光去看，世界才是永久不變，並且永久變貌。你或許會問那有甚麼用處。但人就是為了忍受這生命，才會擁有認知的武器。動物就不需要那種東西。因為動物根本沒有忍受生命這種意識。認知就是生之難耐直接變成的人類武器，但它絲毫無法減輕生之難耐。就這麼簡單。」

「你不認為還有別的方法忍受生命嗎？」

「沒有。剩下的只有發瘋或死亡。」

「讓世界變貌的絕非認知。」我不禁冒著差點自白的危險回嘴。「讓世界變貌的是行為。只有那個。」

最後柏木用那種冰冷的皮笑肉不笑阻止我。

「看吧，又來了。又是行為。但你喜歡的美，你不覺得是在認知的保護下貪睡嗎？就像之前提過的『南泉斬貓』的那隻貓。那隻美得難以形容的貓。兩堂僧人之所以相爭，是因為在各自認知中想保護貓，養育貓，讓貓酣睡。南泉和尚是行為者，因此乾淨俐落地斬了貓。之後出現的趙州，把自己的鞋子放在頭頂。趙州的意思是這樣的。他也知道美應該在認知的保護下熟睡。但是並沒有各自的認知，個別的認知。認知就是人類之海，是人類的原野，是人類一般存在的樣態。我認為他想說的就是那個。你現在或許以南泉自居吧。……美的東西，你喜愛的美，那是人類精神中寄託於認知的殘留部分，是剩餘的部分幻影。是你所謂『忍受生命的別的方法』的幻影。或許可以說本來並沒有那種東西。雖然可以這樣說，但讓這幻影變得強大，盡量賦予它現實性的還是認知。

對認知而言美絕非慰藉。美可能是女人，也可能是妻子，但它不是慰藉。可是這絕非慰藉的美，和認知的結合，會生出某種東西。雖然縹緲不定，如泡影難以捉摸，但的確有甚麼東西誕生。世人稱為藝術的就是那個。」

「美……」我一開口，就劇烈地口吃。雖是毫無章法的想法，但那一刻，某個念頭掠過腦海，我懷疑自己的口吃是誕生於我對美的觀念。「美……美的東西已經成了我的仇敵。」

「美是仇敵？」——柏木誇張地瞪大眼。他脹紅的臉孔上，重現以往一貫的哲學式爽朗。「從你口中聽到這種話真是太奇怪了。看來我也得重新調整我認知鏡片的度數了。」

……之後，我們也進行了一番久違的親密議論。雨下個不停。柏木臨走時，提起我尚未見過的三宮和神戶港，還描述夏天出港的巨船。我又想起了舞鶴。無論任何認知或行為恐怕都難以取代揚帆出航的喜悅，這個幻想，讓我們這些窮學生的意見首次達成一致。

第九章

老師總是不直接訓誡，在明顯應該訓誡的場合反而對我施恩，這想必並非偶然。柏木來討債的五天後，老師把我叫去，將第一學期的學費三千四百圓和通學電車費三百五十圓、給我購買文具的五百五十圓一併親手交給我。按照校規必須在暑假前繳清學費，但是發生那種事之後，我沒想到老師還肯給我這筆錢。就算他願意給錢，如今既已知道我不可信賴，我以為他應該會直接把那筆錢寄給學校才對。

但他這樣親手把錢給我，我比老師更清楚這只不過是對我的虛偽信賴。老師默默施予的恩惠，和老師那身柔軟的粉紅色肉體有點相似。富於謊言的肉體，以信賴對待背叛，以背叛對待信賴的肉體，不受任何腐敗侵犯，悄悄繁殖溫熱粉紅色的肉體。……

一如警察來到由良的旅館時，當下我曾害怕東窗事發，此刻我也懷抱近似妄想的恐懼，害怕老師已看穿我的計畫，給我錢只是想打消我執行計畫的契機。我覺得只要我還慎重拿著那筆錢，就不可能有執行的勇氣。我必須盡快找到這筆錢的用途。越是窮人，越想不出花錢的用途。我必須找到一個用途，可以讓老師知道之後一定會被激怒，而且一定會立刻把我逐出鹿苑寺。

那天輪到我煮飯。晚餐之後，我在廚房洗碗盤，不經意望著早已寂靜無人的食堂。矗立在廚房邊被煤煙熏得烏黑油亮的柱子，貼著早已變色的紙符。

阿多古祀符
火迺要慎[53]

……在我心中，可以看見火焰被這道符紙封印囚禁的蒼白模樣。昔日的華麗張揚，在古老的護身符後，看似蒼白衰微奄奄一息。如果說最近的我可以從烈火幻影中感到肉慾，旁人會相信嗎？既然我的生存意義全部取決於火，那我的肉慾也針對那個豈不是理所當然？而我那種慾望，形成火焰冉冉的姿態，火焰透過烏黑油亮的柱子，意識到被我注視，似乎刻意裝扮得溫婉可親。那手，那腿，那胸脯都是柔弱的。

六月十八日晚間，我懷裡藏著錢溜出寺，去了通稱五番町的北新地。因為我聽說那裡很便宜，對寺院小和尚也很親切。從鹿苑寺步行到五番町約需三、四十分鐘。

這是個濕氣很重的夜晚，但略顯陰霾的天空月色朦朧。我穿著卡其色長褲，工作外套，腳踩木屐。幾小時之後，我大概會以同樣的服裝歸來。但是我的內在想必已換了一個人，這樣的預想是怎麼說服自己接受的呢？

53 阿多古的發音同「愛宕」，火迺要慎的發音同「小心火燭」，這是被視為防火守護神的京都愛宕神社發行的神符。

我的確為了活下去打算燒毀金閣，但我的行為很像死亡的準備。一如決定自殺的童貞男子在自殺前先去妓院，我也要去妓院。放心好了。這種人的行為等於在一份文件上簽名，就算失去童貞，他也絕不會變成「另一種人」。

我曾一再經歷的挫折，那種被金閣擋在女人和我之間的挫折，這次不用再害怕了。因為我甚麼也沒幻想，也不打算透過女人來參與人生。我的生命已確定在他方，在那之前我的行為只不過是履行悽慘的手續罷了。

……我這麼告誡自己。於是又想起柏木說的話。

「妓女並不是因為愛上客人才接客。無論對象是老人或乞丐，是獨眼或美男子，甚至在不知情的情況下大概連痲瘋病人也會照樣接客。若是一般人，或許會為這種平等性安心，嘗試第一次嫖妓。可我就是看不順眼這種平等性。五體俱全的男人和我以同樣資格被接待，這令我難以忍受，對我而言那才是可怕的自我褻瀆。」

想起這番話，令現在的我頗為不快。但是雖口吃卻五體俱全的我，和柏木不同，只要相信自己極為普通的醜陋就夠了。

「……雖說如此，女人或許還是會憑著直覺，在我醜陋的額頭上，發現甚麼天才型罪犯的記號？」

於是我又懷抱愚蠢的不安。

我的腳不聽使喚了。左思右想之下，我已分不清究竟是為了燒毀金閣才要捨棄童貞，還是為了失去童貞才要燒毀金閣。這時，「天步艱難」這個高貴的成語無意義地浮現心頭，我一邊喃喃重複「天步艱難……」一邊繼續走。

就這樣，當我走到小鋼珠店和酒館明亮熱鬧的盡頭時，日光燈和微白的燈籠在黑暗中規律連成一線的一角已遙遙在望。

打從離寺時，我就陷入有為子還活著隱身在這一角的幻想。這個幻想帶給我力量。

自從決定燒掉金閣，我就再次處於少年時代剛開始時那種清新純真的狀態，因此現在再次邂逅人生最初遇見過的人事物應該也合理。我如是想。

今後我應該會活下去，但不可思議的是，不祥的念頭與日俱增，彷彿明天就有死亡降臨，我祈求在燒毀金閣前千萬讓死神放我一馬。這絕非疾病，也不是生病的預兆。但我一天比一天強烈感到，讓我活著的諸多條件的調整及責任，完全壓在我一人肩上的沉重分量。

昨天掃地時，我的食指被掃帚刺傷，就連這麼小的傷口都成了不安的種子。我想起某位詩人[54]的死因就是指尖被玫瑰刺傷。一般凡夫俗子不會因為那種事死掉。但我已成非常重要的人物，所以還不知會招來何種宿命的死亡。手指的傷口幸好沒有化膿，今天只有按壓傷口時才會感到微疼。

雖說要去五番町，但無庸贅言，我當然不會疏忽衛生。打從前一天，我就特地遠道去沒人認識我的藥房買了保險套。那個帶著粉末的薄膜呈現無力且不健康的顏色。昨晚我試用了一個。紅色粉蠟筆塗鴉的佛畫，京都觀光協會的月曆，正好翻開在佛頂尊勝陀羅尼這一頁的禪林日課經文，髒襪子，起毛的榻榻米……在這些東西的圍繞下，我的那話兒，像光滑的、灰色的、沒有眼睛鼻子的不祥佛像般挺立。那不快的模樣，讓我想起如今只剩下傳說的「羅切[55]」那種凶暴的行為。

……我走進掛著成排燈籠的巷弄。

一百幾十家房子都是同樣的構造。據說在這裡只要投靠龍頭老大，就算通緝犯也能輕易窩藏。老大只要一搖鈴，就會響徹紅燈區家家戶戶，讓通緝犯得知危險降臨。

每戶人家的入口旁都有昏暗的格子窗，每棟房子都是雙層樓房。厚重古老的瓦片屋頂，以同樣高度排列在潮濕的月下。每家門口都掛著印有「西陣」白字的藍染布簾，穿白罩衫的老鴇歪身從布簾邊上窺探門口。

我毫無快樂的想法。只覺得自己一個人脫離隊伍，被某種秩序拋棄，拖著疲憊的步伐走在荒涼之地。慾望在我體內露出不悅的背影，抱膝縮成一團。

「總之在這裡花錢是我的義務。」我繼續想。「不管怎樣只要在這裡花光

54 指德國詩人里爾克（R. M. Rilke, 1875-1926）。晚年隱居慕佐（Muzot）時，被玫瑰刺傷指尖，引發急性白血病，兩個月後死亡。

55 羅切，切除磨羅（陽具）。被視為斷絕淫慾的修行。

學費就行了。這樣就可以替老師找到驅逐我的正當藉口了。」

我並未從這樣的想法發現奇妙的矛盾，但這如果就是我的本心，那我必然該是愛著老師。

或許還沒到開市的時間，街上奇妙地人跡稀少。我的木屐聲響徹四周。老鴇們拉客的單調聲音，聽來彷彿在梅雨時節低垂的潮濕空氣中四處爬行。我的腳趾頭緊緊夾住鬆掉的木屐鞋帶。我在想。戰後從不動山頂眺望的燈海中，的確也有這一區的燈光。

我的腳被引導的去向，想必有有為子在。在某個十字路口的街角，有「大瀧」這家妓院。我胡亂掀起布簾進去。一進門就是六張榻榻米大鋪滿磁磚的房間，靠裡面的椅子有三個女人猶如枯等火車般乾坐著。其中一人穿和服，脖子纏著繃帶。穿洋裝的一人低著頭，脫下襪子頻頻抓小腿肚。有為子不在。她的不在令我安心。

抓腿的女人像被呼喚的狗抬起頭。那張有點浮腫的圓臉，以童畫風格的鮮豔，被白粉和胭脂鑲邊，當她仰望我時，這麼說或許很奇妙，但她的眼神其實帶著善意。她就像在街角撞上陌生人似地看著我。那雙眼睛在我內心完全找不到慾望。

有為子既然不在，那就找誰都行。我仍保有迷信，總覺得如果去挑選或抱有期待就會失敗。正如女人無權挑選客人，我也用不著挑選女人。絕對不能讓那種可怕的、令人無力的美的觀念有絲毫介入。

老鴇問我。

「您要我家哪個孩子？」

我指著抓腿的女人。那時遍布她腿上的小小搔癢，想必是在磁磚表面徘徊的黑斑蚊叮咬的痕跡，成了撮合我與她的緣分。……拜那搔癢所賜，將來她想必有權成為我的證人。

女人站起來，來到我身旁，噘唇一笑，輕觸我穿外套的手臂。

沿著昏暗古老的樓梯上二樓時，我又想起有為子。我在想，此時此刻她不在，不在此時此刻的世界。既然她不在此時此地，無論去哪找，有為子肯定都不在。她似乎去我們的世界外面的澡堂還是哪裡洗澡了。

在我想來，有為子似乎打從生前便自由進出這雙重世界。那起悲劇事件發生時也是，才剛以為她要拒絕這個世界，接著就又接受了。死對有為子而言，或許也是偶然的事件。她留在金剛院廊橋的血，或許只不過就像早上開窗的同時飛起的蝴蝶，在窗框留下的鱗粉。

二樓中央，中庭挑空的部分用古老的雕花欄杆圍起，上面架著晾衣竿，晾著紅色肚兜、內褲還有睡衣甚麼的。光線昏暗，朦朧之間睡衣看似人影。

不知哪個房間有女人在唱歌。女人的歌聲徐緩地持續，不時有男人走調的歌聲應和。歌聲中止，短暫的沉默後，女人像斷了線似地笑出來。

「——是某某子啦。」

陪我的女人對老鴇說。

「她每次都那樣。」

老鴇敦實方正的背部對著笑聲傳來的方向。我被帶去的小房間，是殺風景的三帖陋室，用沖洗茶具的地方代替壁龕，壁龕裡隨便放著布袋和尚及招財貓的擺飾。牆上貼著細長的字條，還掛了月曆。懸掛著三、四十燭光的昏暗燈泡。敞開的窗子零星傳來門外嫖客的足音。

老鴇問我要休息還是過夜。休息是四百圓。之後我又叫了酒和小菜。

老鴇下樓去取酒菜後，女人也沒有靠近我身邊。直到老鴇端酒來催促她，她才靠過來。近看才發現，女人的鼻子下方被搓得有點紅。不只是腿，她似乎習慣到處抓癢搓揉來打發無聊。但鼻子下方的微紅，說不定只是口紅暈開。

不必驚訝我有生以來初次上妓院還能這麼仔細觀察。因為我試圖從眼前所見找出快樂的證據。一切看起來都精密如銅版畫，而且雖然精密，卻和我保持一定距離平板地浮貼。

「先生，我們以前見過吧。」

女人自稱名叫真理子後說。

「我是第一次來喔。」

「這種地方，你真的是第一次來？」

「是第一次。」

「也對，你的手都在發抖。」

被她這麼一說，我才發現自己拿酒杯的手正在顫抖。

「若真是這樣，真理子今晚可走運了。」老鴇說。

「是不是真的，馬上不就知道了。」

真理子粗俗地說。但她的話語毫無肉感，我發現真理子的心，正在與我倆肉體無關的場所，就像玩瘋的小孩般玩耍。真理子穿著淺綠色襯衫和黃色裙子。或許是向朋友借來鬧著玩，只有雙手大拇指的指甲染成紅色。

之後我走進八帖臥室時，真理子一腳踏在被子上，拉扯燈罩垂下的長繩子。燈光下浮現華麗的友禪被面。這是有氣派的壁龕擺設法國洋娃娃的房間。

我笨拙地脫衣服。真理子把淺粉色毛巾布浴衣披在肩上，在底下靈巧脫掉洋裝。我拿起枕畔的水喝。聽到水聲，她說，

「這水不是喝的啦。」

女人依然背對著我，輕輕笑了。之後鑽進被窩面對面，她又拿指尖輕戳我的鼻子，笑著說，

「看來你真的是第一次來玩。」

即便在昏暗的枕畔夜燈下，我也沒忘記觀看。因為觀看就是我活著的證據。不過這還是我頭一次這樣近距離看著別人的雙眼。我眼中世界的遠近法瓦解了。他人大無畏地侵犯我的存在，那體溫和廉價香水的氣味，也漸漸水位升高開始浸水，終於淹沒了我。我第一次看見他人的世界如此融化。

我被當成全然普遍的一個男人對待。我壓根沒想像過有人能這樣對待我。口吃從我身上被脫掉，醜陋和貧窮也被脫掉，脫衣之後，還有無限的脫衣重複。我的確達到快感，但我不相信嘗到那快感的是我。在遠處，某種疏離我的感覺湧現，終至崩塌。……我忽然抽身離開她，額頭抵著枕頭，握拳輕敲冰冷麻痺的腦袋某處。然後，我感到被一切事物拋棄，但是還不至於流淚。

完事後，我恍惚聽著枕畔女人訴說從名古屋流落此地的身世，心裡卻一直

想著金閣。那是異常抽象的思索，並非以往有肉感沉重沉澱的思想。

「下次要再來喔。」

女人的說詞，讓我感到真理子比我大了一兩歲。事實上肯定如此。乳房就在我眼前冒汗。那絕對不會變成金閣，只是普通的肉塊。我戰戰兢兢地用指尖輕觸。

「這種東西你覺得很稀奇？」

真理子說著挺起胸脯，像哄小動物似的，看著自己的乳房輕輕晃動。肉塊的晃動，令我想起舞鶴灣的夕陽。夕陽的易變和肉塊的易變，似乎在我心中結合了。而眼前的肉也像夕陽，終被層層暮雲籠罩，躺臥在黑夜的墓穴深處。這樣的想像，為我帶來安心感。

❖

隔天我又去同一家妓院找了同一個女人。不只是因為還剩很多錢。同時也是因為初試雲雨後，滋味和我想像中的歡愉相比顯得異常貧乏，因此有必要再試一次，盡量接近想像中的歡愉。我在現實生活中的行為與人不同，總是傾向以想像的忠實模仿告終。稱之為想像或許並不適當。毋寧該稱為我的本源記憶。我總覺得在人生中遲早會經歷的各種體驗，以最輝煌的形式事先被體驗了。即便是這種肉體行為，在我想不起來的時間與場所（八成是與有為子），似乎早已嘗過更激烈、更令人渾身發麻的官能快感。那成為一切快感的泉源，現實中的快感只不過是從中分得一捧水罷了。

在遙遠的過去，我似乎的確在哪裡見過無比壯麗的晚霞。之後見到的晚霞，看起來多少都有點褪色，但這是我的罪過嗎？

昨天女人太把我當成一般人對待，因此今天我把幾天前在舊書店買的舊文庫本放在口袋帶去。是切薩雷．貝卡里亞寫的《犯罪與刑罰》。這本十八世紀義大利刑法學者寫的書，是啟蒙主義與合理主義的古典套餐，我看了幾頁就扔開了，但我想女人說不定會對書名感興趣。

真理子露出和昨天一樣的微笑迎接我。雖是一樣的微笑，但是「昨天」並未留下任何痕跡。而她對我的親切，帶有在某個街角遇到人的那種親切，但那大概也是因為她的肉體就像某個街角吧。

在小房間喝酒時，我已經沒那麼不自在了。

「您果真又來捧場了，年紀輕輕倒是很風流啊。」

老鴇說。

「不過，每天來不會被大和尚罵嗎？」真理子說。她看著我被識破的吃驚神情又說：「我當然看得出來，現在一般人都是梳大背頭，只要有剃成五分頭的肯定是和尚。我們這裡，舉凡現在成了知名大和尚的人，年輕時大抵都來光顧過喔。……來來來，我們唱歌吧。」

真理子沒頭沒腦地突然開始唱起港都女人云云這首流行歌。

第二次辦事時，在已經看慣的環境中，我毫無滯礙地輕鬆進行。這次我似乎也窺見了快樂，但那不是我想像中的那種快樂，只不過是感到自己已適應這碼事的自甘墮落的滿足。

事後女人擺出大姊姊的架式感傷地訓誡我，也敗壞了我那短暫的一丁點興趣。

「我覺得你最好不要常來這種地方。」真理子說。「你是個正經人。我覺得。你不該陷得太深，還是認真做買賣比較好喔。雖然希望你來，但我這麼說的用意，你應該明白吧。我是把你當成弟弟看待。」

真理子想必是從甚麼三流小說學來這種對話。那不是真的抱著那種深情說出來的話，是拿我當對象編造一個小故事，期待我能共享她醞釀出的情緒。如果我能配合地哭出來，當然更好。

但我沒有那樣做。我突然從枕邊拿起《犯罪與刑罰》，杵到女人的鼻頭前。

真理子老實翻開文庫本。之後不發一語把書扔回原來的地方。那本書已從她的記憶消失。

我期望女人因為遇見我，對這樣的命運產生某種預感。我期望她稍微意識到自己正在協助世界沒落。我認為那對女人而言，想必應該也有某種意義。在這樣的焦慮下，我終於脫口說出不該說的話。

「一個月……我想，一個月之內，報紙上就會有我的大新聞。屆時妳一定要想起我。」

說完，我的心跳劇烈。但真理子笑了出來，她晃動著乳房笑了，不時瞄著我，咬著袖子憋笑，但隨即又湧現另一波笑意，逗得她花枝亂顫。到底有哪一點這麼好笑，真理子自己肯定也無法解釋。察覺到這點，女人終於不笑了。

「有甚麼好笑的？」我問出愚蠢的問題。

「因為你是個小騙子。哎喲，笑死人了。居然講這種瞎話。」

「我才沒有騙人。」

「別鬧了。哎喲，太好笑了。我快笑死了。虧你一臉正經，結果滿口謊言。」

真理子又笑了。她發笑的理由或許很單純，只不過是因為我振振有辭時口吃得特別嚴重。總之真理子完全不相信。

她不相信。就算眼前發生地震，她肯定也不相信。縱使世界崩壞，或許唯獨這女人也不會崩壞。因為真理子只相信按照自己的思路發生的事情，世界卻不可能依照真理子想得那樣崩壞，真理子壓根沒機會去想那種事情。就這點而言，真理子和柏木很像。不思考的女版柏木，就是真理子。

話題中斷，於是真理子就這麼袒胸露乳開始哼歌。歌聲頓時夾雜蒼蠅的嗡嗡振翅聲。蒼蠅正繞著她飛，即使偶然停在乳房上，真理子也只是說，「好癢喔。」並沒有揮手趕走蒼蠅。停在乳房上時，蒼蠅緊貼著她的乳房。意外的是，真理子似乎並不排斥這種愛撫。

屋簷響起雨聲。那是彷彿只有那裡下雨的雨聲。猶如雨失去擴張的能力，誤入這城市一隅，愣在原地不動。那個聲音，如我所在的場所，被隔離在廣大的黑夜之外，彷彿只在枕畔夜燈的微光下，是被侷限的世界的雨聲。

蒼蠅喜歡腐敗，如此說來真理子已開始腐敗了嗎？甚麼都不信就是腐敗嗎？真理子住在只有自我的絕對世界，就會被蒼蠅盯上嗎？我不明白。

然而，女人突然像死掉一樣陷入假寐，被枕畔燈光渾圓照亮的乳房發白，停在乳房上的蒼蠅似乎也突然睡著動也不動。

我再也沒有去「大瀧」。該做的已做完了。接下來只剩老師發現學費的用途，將我逐出。

但我絕對不會主動暗示老師錢花到哪去了。不需要自白，即使不去自白，老師想必也會自然察覺。

為何我就某種意味而言如此信賴老師的力量，甚至想藉助老師的力量，這點難以說明。我也不知道自己為何把最後的決斷交付於老師的驅逐。正如前面也提過的，我早就看清老師的無力。

第二次去妓院的數日後，我看到老師的某種樣子。

對老師而言很難得的，那天一大清早，還沒到開園時間他就去金閣旁散步。老師慰問正忙著打掃的我們，穿著涼爽的白衣，走上通往夕佳亭的石階。大概是要獨自在那裡泡茶靜心吧。

那天早晨的天空，還留有熾烈的朝霞。藍天處處有還映著紅霞的雲朵湧

❖

動。雲朵似乎也尚未從含羞中徹底清醒。

打掃完畢，大家就各自準備回本堂，唯有我一人經過夕佳亭旁從通往大書院後面的小路回去。因為大書院後面還沒打掃。

我拿著掃帚走上金閣寺牆圍繞的石階，來到夕佳亭旁。樹木被昨夜還在下的雨水淋濕。灌木葉尖的大量露水，映著殘餘的朝霞，彷彿生出這個季節不該有的淡紅色果實。將露珠綴成串的蜘蛛網也隱約泛出紅色微微顫動。

我帶著某種感動眺望地上的物象如此敏感地蘊藏天上的色彩。籠罩寺內綠意的雨水潤澤，也都是來自天上的餽贈。他們如享受恩寵般濕潤，散發出混雜腐敗與清新的氣息。這也是因為他們不知拒絕。

眾所周知，夕佳亭鄰接拱北樓，樓名出自「北辰之居其所而眾星拱之[56]」。但如今的拱北樓，已和昔日義滿威震天下的時候不同，於一百數十年

56 出自《論語・為政篇》。意思是北極星居中不動，眾星圍繞四周。隱喻只要為政以德，便可使天下歸心。

前重建，變成偏圓形的茶席。我在夕佳亭沒看到老師的身影，所以他大概在拱北樓。

我不想單獨與老師碰面。如果沿著樹籬彎腰前進，對方應該看不見我。於是我躡足向前走。

拱北樓門戶大開。一如往常，壁龕掛著圓山應舉[57]的書畫。還有來自天竺做工精巧的佛龕，上面的白檀雕刻已隨歲月變黑。左邊也可看到利休[58]風格的桑木架子。還有隔扇裝飾畫。唯獨沒看見老師，我不禁把頭伸到樹籬上方東張西望。

壁龕柱子旁的陰暗處，可以看見一大團白色物體。定睛一看原來是老師。他穿著白衣的身體盡可能蜷縮，頭埋在雙膝之間，用雙袖遮臉蹲踞在地。

老師保持那姿勢文風不動。始終沒動。反而是我這個旁觀者萌生種種情緒。

起初我以為，老師突發急病，大概正在忍受發作之苦。我應該立刻起身過去照顧他。

但另一種力量阻止了我。無論就任何角度而言我都不愛老師，早已下定隨時縱火的決心，因此那樣照顧他是偽善，而且如果因為我的照護，讓和尚表現出感謝或親愛，恐怕也有令我意志軟弱之虞。

再仔細一看，老師不像是生病。不管怎樣，他那個姿勢完全喪失驕傲與威信，猥瑣得幾乎令人想到野獸的睡姿。可以看出袖子微微顫抖，似乎有甚麼無形的重擔壓在他背上。

我思忖那個無形的重擔是甚麼。是苦惱嗎？抑或是老師自身難以忍受的無力感？

隨著耳朵逐漸適應，我聽見老師似乎在喃喃誦經，但我聽不清那是甚麼經文。老師擁有我們不知道的黑暗精神生活，相較之下，我拼命嘗試的小小惡

57 圓山應舉（1733-1795），江戶中期的京都畫壇大師。本習狩野派，後來受到寫實畫法影響，開創根據自然觀察的逼真畫風。

58 利休（1522-1591），戰國時代著名的茶道宗師，被稱為茶聖。

行、罪孽和怠惰根本不值一提——這個念頭突然浮現，傷害我的自尊。

是的。這時我發現，老師那蹲踞的姿勢，很像行腳僧懇求加入僧堂卻遭到拒絕，遂終日在門口將頭垂在自己行李上的那種庭詰姿勢。如果老師這樣的高僧，是在模仿新來的行腳僧這種修行的形式，這樣的謙虛的確值得驚訝。我不知道老師是對於甚麼變得如此謙虛。或許就像庭院樹下的雜草、樹木的葉尖、蜘蛛網上的露珠對於天上朝霞的謙虛，老師也對不屬於自己的根本惡行和罪孽變得謙虛，以至於直接用野獸本來的姿勢映現自身？

「他是在做給我看！」我突然想到。一定是這樣。老師知道我會經過這裡，故意那樣做給我看。老師早已醒悟自己的無力，最後發現了用沉默撕裂我的心，喚起我的憐憫，終於讓我跪倒屈服的這個舉世最諷刺的訓誡方法！

不可否認的是，當我舉棋不定地望著老師那樣時，的確差點萌生感動。雖然我極力否認，但我顯然徘徊在快要愛慕老師的邊界。然而拜「他是在做給我看」這個想法所賜，一切當下逆轉，我的心變得比之前更硬。

用不著依賴老師的驅逐來執行縱火。我就是在這一刻如此想通了。老師與我，已無法互相影響，成了兩個世界的人。我心無罣礙。我已不期待外力，我只要依照自己所想，在自己想要的時間行動即可。

隨著朝霞褪去，天空浮雲漸增，亮麗的日光從拱北樓的露台退去。老師依然蹲著不動。我快步離去。

❖

六月二十五日，朝鮮爆發動亂。世界將確實沒落毀滅的預感成真。我必須加緊行動了。

第十章

去五番町的翌日，其實我已做了一個嘗試。我拔掉了兩根金閣北側門板上長約二寸的釘子。

金閣的第一層法水院有兩個入口。東西各一，皆有兩扇對開的門扉。導覽的老人會在夜晚走上金閣，從內側關閉西邊的門，再從外側關閉東邊的門，然後上鎖。但我知道就算沒有鎖也進得去金閣。從東邊的門向後面圍繞的北邊門板，顯然是在保護閣內那個金閣模型的背後。那門板已經老朽，只要拔起上下六、七根釘子就能輕易卸下門板。釘子全都鬆了，光靠手指的力量便可輕鬆拔起。於是我試著拔了兩根。我把拔出來的釘子用紙包裹，藏在桌子抽屜深處。過了幾天。似乎無人發現。過了一星期。還是無人發現。二十八日晚上，我又悄悄把那兩根釘子塞回原位。

看到老師蹲踞的身影，終於下定決心不靠任何人的那天，我在千本今出川的西陣警察局附近的藥房買了安眠藥。起初店員取出的是應該有三十粒的小瓶裝，我說我要買更大瓶的，最後用一百圓買了一瓶百粒裝。接著我又在西陣警察局南邊鄰近的五金行，花九十圓買了一把刀刃四寸長的帶鞘小刀。

我在晚間的西陣警察局前來來去去。只見有些窗戶燈光通明，穿著開襟襯衫的刑警夾著公事包匆匆走入警局。沒有任何人注意我。過去二十年，從未有人注意我，目前，仍然維持這種狀態。眼下，我還不算重要。在這日本，有幾百萬幾千萬不惹人注意的邊緣人，我仍屬於那種人。這種人無論是生是死，世間都不痛不癢，但那種人其實擁有令人安心的特質。所以刑警也很安心，壓根沒轉頭看我。門燈朦朧的紅光，照亮「察」字已脫落的西陣警察局這行橫排的石刻文字。

回寺的路上，我思考今晚買的東西。這是一趟令人雀躍的購物。

刀子和藥物，是我為了萬一必須尋死準備的，就像建立新家庭的男人，按照某種生活計畫一一添購物品，那讓我心情愉悅。回到寺裡後，我也盯著這兩樣東西百看不厭。我取下刀鞘，試舔小刀的刀刃。刀刃頓時蒙上白霧，舌頭在明確的冰冷之後，又感到一絲甜味。甜味從這薄薄的鋼鐵深處，從無法到達的鋼鐵實質，似乎微微映照出冷光般傳達到舌頭。如此明確的形式，如此類似深海藍色的鋼鐵光澤……那和唾液一起縈繞舌尖不去，有種清冽的甘甜。最後那甜味也遠去了。我愉快地想像我的肉體未來因這甘甜的迸發而沉醉的那一天。死的天空明亮，和生的天空似乎一樣。於是我忘記晦暗的思緒。這世上並不存在痛苦。

金閣於戰後裝設了最新型火災自動警報器。金閣內部達到一定溫度時，警報器就會在鹿苑寺事務室的走廊自動響起。六月二十九日晚間，這個警報器故障了。發現故障的，是負責導覽的老人。湊巧在庫裏的我，聽見老人去執事宿舍如此報告。我當下覺得聽到上天的鼓勵。

但是翌日三十日早上，副司就打電話給生產機器的工廠要求對方派人來修理。善良的導覽老人還特地通知我。我咬唇。昨晚正是行動的好機會，可我偏偏錯過那難得的機會。

傍晚修理工來了。我們一臉好奇地圍觀看工人如何修理。修理耗時許久，工人頻頻納悶不解，圍觀者一個接一個走了。最後我也走了。之後只等修理完畢，工人啟動警報器，於我而言等於在暗示絕望的那個警報高亢響徹寺內……我在等待。夜色如潮水湧現金閣，修理用的小燈閃爍。警報始終沒有響。束手無策的工人撂下一句明日再來就走了。

七月一日，工人爽約沒有來。但寺方沒有理由催促工人十萬火急修理。

六月三十日，我又去千本今出川，買了點心麵包和紅豆夾心餅。寺裡不提供點心，因此我有時會動用微薄的零用錢去那裡買一點零食。

但三十日買的點心，並非為了果腹。也不是為了服用安眠藥買來墊肚子。勉強要說的話，是不安令我買下那個。

拎在手裡的鼓脹紙袋，和我的關係。此刻我即將進行的完全孤獨的行為，和寒酸的點心麵包的關係。……陰霾的天空滲出陽光，如悶熱的霧靄籠罩古老的城市。汗水突然悄悄流下，在我背部劃過冰冷的一線。我非常倦怠。

點心麵包與我的關係。那是甚麼呢？面臨即將採取的行動，不管精神有多麼緊張、試圖集中，我猜想我那被孤獨遺棄的胃部，想必還是會繼續尋求那種孤獨的保證吧。我的內臟，彷彿我豢養的落魄卻絕對無法馴服的家犬。我早就知道。無論心靈如何清醒，胃腸這些遲鈍的內臟，還是會自行夢見溫吞的日常性。

我早就知道自己的胃會做夢。夢想點心麵包和紅豆夾心餅。即便在我的精神夢想珠寶之際，它還是頑固地夢想點心麵包和紅豆夾心餅。……在人們將來勉強試圖理解我的犯罪時，點心麵包遲早會提供適當的線索吧。人們大概會說，「那傢伙當時很餓。那是多麼人性化的表現！」

❖

那天來臨了。就在昭和二十五年七月一日。前面也提過，火災警報器無望在今天修好。這點在傍晚六點確定。導覽老人又打了一次電話催促。修理工人說，「不好意思，今天太忙無法過去，明天一定去。」

這天來參觀金閣的約有百人，六點半就要關門，因此人潮早已退去。老人打完電話，導覽工作也結束了，於是站在庫裏東側土間茫然眺望小片田地。

當時正下著毛毛雨。從早上就下下停停。也有微風，不算太悶熱。田裡的南瓜花在雨中星星點點。另一邊黑油油的田壟間，上個月初播種的大豆已萌芽。

老人每次思考時，總是習慣蠕動下顎，弄得嵌合不良的整排假牙喀喀響。他每天重複講同樣的導覽內容卻一天比一天難以聽懂，都是假牙害的。不過，即使別人勸他去矯正，他也不為所動。他凝視田地正在喃喃嘀咕。嘀咕後又喀喀弄響假牙，聲響停止後又嘀咕。八成是在抱怨警報器遲遲未能修理。

聽著那含糊難懂的嘀咕，於我而言，他似乎在說無論假牙或警報器，再怎麼修理都修不好了。

那晚的鹿苑寺，有位稀客來拜訪老師。是昔日與老師在僧堂結為好友的福井縣龍法寺住持，桑井禪海和尚。既然是與老師在僧堂結識，這表示他和我父親應該也是。

寺中人打電話至老師的外出地點。被告知老師大概再過一小時就會回來。禪海和尚這趟來京都打算在鹿苑寺住一兩晚。

父親生前動不動就會愉快地提起禪海和尚，明顯可看出父親十分敬愛和尚。和尚的外貌和性格都很男性化，是典型的豪邁禪僧。身長將近六尺，膚色黝黑眉毛濃密。聲音也宏亮。

和尚表明在等待老師歸來的期間想和我聊聊，同輩來叫我時，我遲疑了。因為我怕和尚單純清澈的雙眼會看出我今晚將執行的計畫。

在本堂客殿的十二帖房間，和尚盤腿而坐，正在享用副司機靈送上的酒與素齋。之前是同輩在旁斟酒，現在換成我。我跪坐在和尚面前的榻榻米斟酒，背對無聲的雨夜。因此在和尚眼前，只有我的臉和梅雨時節的庭院夜色這兩種黑暗的景觀。

然而禪海和尚不受任何拘束。一看到初見面的我，他就滔滔不絕地朗聲說我長得很像父親，轉眼都長這麼大了，還說父親過世真是太遺憾等等。

和尚擁有老師沒有的素樸氣質，也有父親沒有的力量。他的臉孔曬得黝黑，鼻孔誇張地撐大，濃眉的肌肉隆起迫近眼睫，彷彿是根據能劇的大癋見[59]面具製造出來。五官並不好看。內在的力量過剩，肆無忌憚地流露，破壞了五官的勻整。就連突起的顴骨都像南畫[60]的岩山般陡峭。

但這個說話大嗓門的和尚，有種打動我心的溫柔。不是世間一般所謂的溫柔，是村頭讓路過旅人在樹蔭歇腳的大樹那種野蠻扎根方式的溫柔。是手感極為粗礪的溫柔。聊得越多，我就越發提高警戒，以免今晚自己的決心因為這種溫柔而猶豫。頓時我又湧現懷疑，懷疑老師是否為了我特地邀請和尚前來，但老師不可能為了我特地拜託和尚從福井縣來京都。和尚只是奇妙偶然的過客，

59 大癋見，雙唇緊抿，嘴角下撇，眼如銅鈴，鼻孔張大。主要用於天狗的鬼神面具。

60 南畫，中國畫兩大流派之一。運用柔和的白描線，以主觀性寫實創造的山水畫。

恰巧成為悲劇結局的最佳證人罷了。

將近二合容量的白瓷大酒瓶已空，於是我行以一禮，去廚房又拿了一瓶。當我捧著熱酒瓶回來時，倏然萌生從未體驗過的感情。我從未有過想被人理解的衝動，但到了這個節骨眼，我忽然期望至少禪海和尚能夠理解我。當我又回來勸酒時，他應該也已發現，我的眼睛和之前不同，閃爍著異常率真的光芒。

「您覺得我怎樣？」我問。

「嗯，看起來是認真的好學生。我不知道你私底下在玩甚麼。只可惜如今和過去不同，連吃喝玩樂的錢都沒有了。你父親和我還有這裡的住持，年輕時幹過不少壞事呢。」

「我看起來像是平凡的學生嗎？」

「看似平凡才是最好的。平凡才好啊。那樣就不會被人懷疑。」

禪海和尚沒有虛榮心。這是地位崇高的僧人容易陷入的弊病。從人物到古董書畫都有人來委託鑑定，為了避免事後被人嘲笑鑑定有誤，有些人從不下斷語。當然也會立刻做出禪僧式的判斷，但還是會留下幾分要怎麼解釋都行的餘地。可禪海和尚不是這樣。可以明顯看出他是有一句說一句。他對於自己單純強烈的眼睛看到的事物，並沒有格外追求意義。有意義也好，沒意義也好。而且和尚最讓我感到偉大的，就是他看待事物，比方說看我，不會依賴只有他看得見的特別觀感去標新立異，而是用一般人的眼光去看待。對他而言，單純的主觀世界沒有意義。我理解了和尚的言外之意，漸漸感到安心。只要我在他人眼中看似平凡，我就是平凡的，不管我要做多麼異常的行為，我的平凡，都會像篩過的米一樣留在簸箕中。

不知不覺我感到自己就像豎立在和尚面前葉叢安靜的小樹。

「只要按照人們所見去生存就行了嗎？」

「那也不行。不過如果幹出出格的舉動，又會被人那樣看待。世人很健忘。」

「人們眼中的我，和我認為的我，哪一個才能持續呢？」

「兩者都會立刻中止。就算勉強維持下去，遲早也會再次斷絕。火車行駛之間，乘客靜止。火車靜止時，乘客就得走出火車。行駛也會中止，休息也會中止。死就是最後的休息，但是就連那個，也不知能持續到何時。」

「請看穿我。」我終於忍不住說。「我不是您想的那種人。請看穿我的本心。」

和尚舉杯喝酒，定睛看著我。被雨淋濕的鹿苑寺巨大黑瓦屋頂似的沉默重擔壓在我身上。我為之戰慄。和尚忽然發出這世間最晴朗的笑聲。

「用不著看穿。全都寫在你臉上了。」

和尚說。我感到被徹底、完全地理解。我第一次成了空白。彷彿朝那空白滲入的水，新鮮湧現行動的勇氣。

老師回來了。時間是晚間九點。一如往常有四名警衛巡邏。沒有任何異狀。

老師回來後與和尚喝酒，深夜十二點半左右，別的徒弟帶和尚去就寢。然後老師去「開浴」也就是洗澡，二日凌晨一點，敲梆子聲也已平息，寺中寂靜。雨依然無聲飄落。

我獨自坐在鋪好的被窩上。估算著沉澱在鹿苑寺的黑夜。黑夜逐漸增加密度和重量，我置身的五帖儲藏室的粗柱和門板支撐這古老的夜，看似莊嚴。

我在口中試著結巴出聲。一如往常，就像把手伸進口袋摸索時，被其他東西纏住遲遲掏不出來的物品，吊了我半天胃口才在唇間冒出一個字。我內在的重量與濃密度，顯然就像今夜這樣，話語從那深夜的水井如同沉重的吊桶吱呀作響地升上來。

「馬上就到了。再忍一下就好。」我想。「我的內在與外界之間這個生鏽的鎖頭將會漂亮地打開。內在與外界貫通，風將會自在吹送。吊桶輕盈地振翅升起，一切以遼闊原野之姿在我面前開展，密室將會摧毀。……那已在眼前。只差一點，我的手就能碰到了。……」

我充滿幸福，在黑暗中坐了一小時。有生以來，似乎從未像此刻這麼幸福。……我突然從黑暗中站起。

我躡足來到大書院後方，穿上事先準備的草鞋，在毛毛雨中沿著鹿苑寺後側的水溝走向工地。工地沒有堆放木材，散落的木屑散發被雨淋濕的氣息。工地有買來囤積的稻草。一次就買了四十捆。但今晚已經用掉大半，只剩下三捆堆在那裡。

我抱起那三捆稻草，回到出地旁。庫裏那邊寂靜無聲。彎過廚房的拐角來到執事宿舍後方時，那裡的廁所窗口突然射出燈光。我連忙蹲下。

廁所傳來咳嗽聲。好像是副司。之後響起撒尿聲。那聲音無限漫長。

我怕稻草被雨打濕，蹲著用胸脯遮蔽稻草。下雨天的廁所臭味越發強烈，沉澱在微風吹過的羊齒草叢。……撒尿聲停止了。身體踉蹌撞到壁板的聲音響起。副司似乎沒有徹底清醒。窗口的燈光熄滅。我又抱起三捆稻草，邁步走向大書院後方。

說到我的財產，只有裝隨身物品的柳條編織箱一只，老舊的小皮箱一個。我打算悉數燒掉。今晚早已把書籍、衣服及被子等亂七八糟的東西全部裝進這兩個行李箱。請肯定我的細心周到。搬運途中容易發出聲音的東西，比方說蚊帳的掛勾，以及燒不掉會留下證據的，比方說菸灰缸、杯子、墨水瓶，我全都用坐墊裹住，再用包袱巾包裹另外放。除此之外，一床墊被和兩條蓋被都得燒掉。我把這些大件行李一一搬到大書院後方的出口處堆疊。然後去拆下金閣北邊的門板。

釘子就像插在軟土中輕而易舉地一根根拔起。我用整個身子撐住傾倒的門板，但那濕淋淋的朽木表面帶著潮濕的膨脹觸及我臉頰。沒有想像中那麼沉重。我把拆下的門板橫放在旁邊的泥土地上。露出的金閣內部被黑暗籠罩。門板的寬度正好可容我側身潛入。我鑽進金閣的黑暗中。不可思議的臉孔出現，嚇得我渾身戰慄。原來是一進去就碰上金閣模型的玻璃罩，映現我舉著火柴的臉孔。

明知現在不是做這種事的時候，我還是忍不住盯著玻璃罩中的金閣看得入神。這個小金閣，被火柴的火光照亮，暗影搖曳，令纖細的木頭架構充滿不安地蹲踞。忽然被黑暗吞沒。因為火柴燒完了。

我有點不放心火柴餘燼那一點微紅，就像以前在妙心寺看到的學生那樣，異樣專心地碾熄火柴。接著我又點燃一根火柴。經過六角經堂和三尊像前，來到功德箱前時，箱子上方是成排橫木條以便人們投錢，那些木條的影子隨著火柴的光影搖曳看似起伏不定。功德箱後方是鹿苑院殿道足利義滿的國寶級木雕像。那是穿著法衣的坐像，衣袖向左右拖長，右手持笏橫向左手。瞪著眼的光頭小腦袋，將脖頸埋在法衣領口中。那雙眼睛隨火柴的火光閃爍，但我不怕。小塑像看似陰森，坐鎮在自己建造的樓宇一角，卻似乎早已放棄統治一切。

我打開通往漱清的西門。前面也提過，這扇對開門扉是從內側打開。即便下雨的夜空，也比金閣內部明亮。潮濕的門扉吸收低聲傾軋的噪音，導入充滿微風的深藍色夜氣。

「義滿的眼睛，義滿的那雙眼睛……」跳出那扇門跑回大書院後方的路上，我一直在想。「一切都將會在那眼前進行。在死掉的證人那甚麼也看不見的眼前……」

奔跑之際，長褲口袋裡發出聲響。是火柴盒在響。我停下腳，把衛生紙塞進火柴盒的縫隙消音。手帕包裹的那瓶安眠藥和小刀在另一個口袋沒發出聲音。放點心麵包和紅豆夾心餅和香菸的外套口袋本來就沒響。

之後我進行機械式的作業。把堆在大書院後門口的行李分四次搬運到金閣的義滿塑像前。首先搬運的，是拿掉掛鉤的蚊帳和一條墊被。接著搬運的是兩條蓋被。再其次是皮箱和柳條編織箱。最後是三捆稻草。把這些東西胡亂堆疊後，再將三捆稻草塞在蚊帳和被子之間。蚊帳應該最容易引燃，因此我把蚊帳扯出一半罩在其他行李上。

最後我折返大書院後方，抱起包裹那些不易燃物品的包袱，這次走到金閣東邊的池畔。近在眼前的池中可以看見夜泊石[61]。此處就在幾棵松樹下，勉強可以避雨。

池面倒映夜空隱約泛白。但大量水藻看似與陸地相連，唯有各處露出的縫隙可以看到水面。雨水落在池面並未掀起漣漪。煙雨濛濛，水氣氤氳，水池似乎遼闊無垠。

61 夜泊石，泉池回遊式庭園中，將幾塊石頭呈直線放置。發想自蓬萊傳說。據說蓬萊仙島有仙丹異寶，每逢夜晚便有停泊海上的尋寶船隻出現。夜泊石就是象徵這些船隻。

我撿起腳邊一顆小石頭扔進水中。水聲誇張地響起，彷彿令我周遭的空氣龜裂。我縮起身子不敢動。我想用那種沉默，抹消剛才意外發出的聲音。

接著我把手伸進水中，濕滑的水藻纏繞手上。我先把蚊帳的掛鉤從浸在水中的手裡滑落。接著像要清洗菸灰缸般將之順勢落入水中。杯子和墨水瓶也如法泡製。最後該沉入水中的都丟完了。我身邊只剩下原先包裹這些東西的坐墊和包袱巾。接下來只要把這兩樣東西拿去義滿雕像前，就可以點火了。

這時我突然萌生食慾，太符合預想，反而讓我有種被背叛之感。昨天吃剩的點心麵包和紅豆夾心餅還在口袋。我拿外套下擺擦拭濕淋淋的手，然後狼吞虎嚥。我食不知味。與味覺無關，我的胃逕自吶喊，我慌忙一把將點心塞進口中。心跳急促。終於吞下去後，我掬起一捧池水喝下。

……距離行動只差最後一步了。導向行動的漫長準備悉數結束，如今我站在那準備的邊緣，只要跳下去就行了。只要一舉手一投足，應該就可輕易達成行動。

我做夢也沒想過，在這兩者之間，有一道足以吞沒我生涯的寬闊深淵張著大嘴。

因為那時我正望著金閣做最後的道別。

金閣在雨夜的黑暗中朦朧，看不清輪廓。黑壓壓地彷彿黑夜的結晶般聳立。凝目細看之下，只能勉強看見三樓的究竟頂那驟然變細的構造，以及法水院和潮音洞林立的細柱。但過去曾那樣感動我的構造細節，全都在一色的黑暗中消融。

然而，隨著我對美的回憶增強，這黑暗成了可以恣意描繪幻影的底色。這黑暗蹲踞的型態中，藏著我認為的美的全貌。借助回憶的力量，美的細節逐一自黑暗中閃現，流光散播，最後在分不清是白晝或黑夜的奇妙時間光影下，金閣徐徐變得清晰可見。金閣從未以如此完全細緻的模樣，如此徹底閃亮地出現在我眼前。我似乎得到盲人的視力。自動發光變得透明的金閣，從外側也能清晰看見潮音洞藻井的仙人奏樂圖，以及究竟頂壁面殘留的古老金箔。金閣纖巧的外部，和那內部交融。我的眼睛，將那構造與主題的明確輪廓，精巧重複細節將主題逐漸具體化的裝飾，對比和對稱的效果，全都一覽無遺。法水院和潮音洞同樣面積的兩層樓，雖有微妙的差異，卻在一個深簷下被守護，說穿了等於一雙相似的夢，一對相似的快樂的紀念般重疊。如果只是其中之一可能容易讓人忘卻，但上下溫柔疊合卻讓夢想變成現實，快樂成了建築。不過，那也是因為有第三層的究竟頂倏然縮小的形狀在頭上，使得一度被確認的現實崩壞，被那黑暗又閃耀的時代高遠的哲學概括，乃至屈服。而薄木修葺的屋頂頂端高處，金銅鳳凰與無明的長夜相接。

建築家光是這樣還不滿足。他在法水院西邊懸空建造形似釣殿的小巧漱清。他似乎把美的力量全都傾注在打破均衡上。漱清在這整體建築中，形而上地採取反抗。它並未朝水池長長伸出，卻看似從金閣的中心無限逃遁而去。漱清就像從這座建築飛起的小鳥，此刻展開雙翼，朝著水池，朝著現世萬物逃離。那意味著從規定世界的秩序，通往無規定之物，想必是通往官能的橋樑。是的。金閣的精靈就是從這也有點貌似斷橋的漱清開始形成三層樓閣，然後又從這座橋逃走。因為池面蕩漾的莫大官能力量，就是構築金閣的隱性力量來源，但那種力量完全建立秩序形成美麗的三層樓閣後，已經受不了再定居此地，只能沿著漱清再次往池上、往無限的官能蕩漾中、往那個故鄉遁逃。我總在想，每次看著鏡湖池面籠罩的晨霧和暮靄，就覺得那裡才是建造金閣的莫大官能性力量的巢穴。

而美，概括這各處的爭執與矛盾等種種不和諧，並且君臨其上！就像在深藍底色的紙本上用金泥一字一字清楚寫下的經文，是在無明的長夜用金泥築成的建築，但我不知美就是金閣本身，抑或美等同籠罩金閣的這個虛無夜晚。想必美兩者皆是。它是細節也是整體，它是金閣也是籠罩金閣的黑夜。這麼一想，金閣之美曾經困擾我的費解，好像也多少可以理解了。因為，如果檢視那細節之美，那細柱，那勾欄，那格子窗，那門板，那花頭窗，那寶形風格的屋頂……那法水院，那潮音洞，那究竟頂，那漱清……那池面倒影，那星羅棋布的小島，那松樹，乃至那泊舟石的細節之美，美絕非在細節告終在細節完結，任何部分都蘊含下一個美的預兆。細節之美本身就充滿不安。它夢想著完全卻不知完結，被唆使著追尋下一個美、未知的美。而預兆連接預兆，每一個不存在於此的美的預兆，形成了金閣的主題。這種預兆，是虛無的徵兆。虛無就是這個美的構造。美的這些細節的未完成，主動包含虛無的預兆，這座木造結構纖細的建築就像瓔珞隨風飄盪，隨虛無的預感而戰慄。

即便如此金閣之美也始終不絕！它的美總是不斷在某處響起。就像有耳鳴痼疾的人，我到處聽見金閣之美響起，已經習慣了。若用聲音比喻，這座建築大概就像是綿延五個世紀半不斷鳴響的小金鈴或者小古琴。如果那聲音中斷……

——我感到異常疲勞。

幻想的金閣依然在黑暗的金閣上清晰可見。它的璀璨不知收斂。水邊的法水院勾欄異常謙虛地退開，簷下用天竺式插肘木支撐的潮音洞勾欄，對著池面做夢似地挺出胸膛。屋簷因池水反光而明亮，水波蕩漾不定地映出流光。映現夕陽，被月光照亮時的金閣，之所以像是某種奇妙流動或拍翅震動的生物，就是因為這池水的反光。藉由池水蕩漾的反射解除了堅固型態的束縛，這種時候的金閣，看起來就像是用永久搖曳不定的清風或流水或火焰這類材料築成。

它的美無與倫比。而我知道我的異常疲勞來自何處。是美抓住最後機會再次發揮力量，試圖用那曾經多次襲擊我的無力感來束縛我。我的手腳萎縮無力。眼看只差一步就要行動，又再次從那裡遠遠退開。

「我已做好準備只差最後一步便可行動。」我呢喃。「既然行為本身完全是做夢，而我又完全活在那夢中，那我還需要行動嗎？那或許已是白費力氣？

柏木說的話想必是真的。他說改變世界的不是行為是認知。而且也有些認知刻意模仿行為到極限。我的認知就屬於這種。讓行為真正無效的也是這種認知。如此看來我漫長且周到的準備，簡而言之，豈不是為了不採取行為也可以這個最後的認知？

看著吧。如今行為於我只不過是一種剩餘物。它從人生溢出，從我的意志溢出，像是另一種冰冷的鋼鐵機器，在我面前等待啟動。那個行為和我，似乎壓根扯不上關係。到這裡為止是我，再往前就不是我了。……為何我刻意要讓我不是我？」

我倚靠松樹的根部。那潮濕冰冷的樹幹吸引了我。這種感覺，這種冰冷讓我感到就是我。世界保持這個型態就此停止，也沒有慾望，我已滿足。

「這嚴重的疲勞究竟是怎麼回事？」我思忖。「好像高燒不退，渾身無力，手也無法活動自如。我一定是生病了。」

金閣依然璀璨光輝。就像那個「弱法師[62]」俊德丸看到的日想觀[63]景色。俊德丸在盲眼的黑暗中看見夕陽的影子也起舞的難波海。看到淡路繪島、須磨明石、乃至紀海，都毫無陰霾地被夕陽照亮。

我渾身發麻，不停流淚。索性就這樣到天亮，被人發現也無所謂。我想必一句話也不會替自己辯解。

……到目前為止，我似乎針對兒時至今的記憶之無力敘述了很久，但我必須說，突然甦醒的記憶有時也會帶來起死回生的力量。過去不僅會把我們拉回過去。過去的記憶之中，處處有數量不多卻強韌的鋼鐵發條，現在的我們一但碰觸，發條就會立刻把我們彈向未來。

雖然身體麻痺，心卻在記憶中徘徊。某句話浮現又消失。似乎在心中垂手可及，卻又隱沒。……那句話在呼喚我。想必是為了鼓舞我，正試圖接近我。

「向裡向外，逢著便殺」。

……第一行是這樣的。這是《臨濟錄》示眾章知名的一節。話語接著流暢地湧出。

「逢佛殺佛，逢祖殺祖，逢羅漢殺羅漢，逢父母殺父母，逢親眷殺親眷，始得解脫。不與物拘，透脫自在」。

這番話將我從深陷的無力中彈出。頓時全身洋溢力量。不過，心中一隅在執拗宣告我接下來該做的事純屬徒勞，可我的力量卻不再害怕白費。正因為是徒勞，所以我該做。

---

62 弱法師，觀世元雅創作的謠曲。描述俊德丸因他人讒言被逐出家門，變成盲眼乞丐（弱法師）四處流浪，直到其父為兒子在天王寺布施才重逢，父子就此同返故鄉。

63 日想觀，觀無量壽經說的十六觀之一。面向西方，看著落日冥想淨土。

我把一旁的坐墊和包袱巾揉成一團夾在腋下站起來。望向金閣。璀璨夢幻的金閣逐漸淡去。勾欄徐徐被黑暗吞沒，林立的柱子不再分明。水光消失，簷下的反光也消失。最後各處細節隱沒在夜色中，金閣只剩下整片黑色的模糊輪廓。……

我奔跑。繞過金閣北邊。雙腳已習慣，不會絆倒。黑暗逐漸張開引導我。

我從漱清旁來到金閣西邊的門板，從大敞而開的對開門扉跳進去。把抱著的坐墊和包袱巾扔向堆疊的行李上。

我的心臟快活鼓動，濡濕的手微微顫抖。更慘的是火柴濕了。第一根沒點燃。第二根斷了。第三根才在我擋著風的手指縫之間明晃晃燃起。

我尋找稻草，剛才明明是自己把三捆稻草塞在某處，卻已忘記地點。找到稻草時，火柴已經燒完了。我就地蹲下，這次兩根火柴一起擦亮。

火苗勾勒出稻草堆積的複雜光影，浮現明亮的乾枯荒野色調，細緻地傳向四方。火苗隱身在接著竄起的濃煙中。卻是意外地從遠處的綠色蚊帳膨脹冒起火焰。四周頓時變得很熱鬧。

這時我的頭腦格外清醒。火柴的數量有限。接著我跑到另一角，慎重用一根火柴點燃另一捆稻草。燃起的火苗撫慰了我。以前和同輩焚燒落葉時，我就特別擅長起火。

法水院內部竄起冉冉晃動的巨影。中央的彌陀、觀音、勢至三尊像被火紅照亮。義滿雕像的兩眼發光。那尊木像的影子也在背後搖晃。

我幾乎沒感到熱。看著火焰確實蔓延到功德箱，我心想已經沒問題了。我差點忘了安眠藥和短刀。突然萌生就在這究竟頂葬身火海的念頭。然後我逃離火，沿著狹窄的樓梯衝上樓。絲毫沒有懷疑通往潮音洞的門為何是開著的。原來老導覽員忘記關二樓的門了。

濃煙逼近我的背後。我一邊咳嗽，一邊看著據說是惠心[64]創作的觀音像，以及藻井的仙人奏樂圖。潮音洞逐漸濃煙瀰漫。我又繼續上樓，試圖打開究竟

64 惠心，（942-1017）平安中期的天台宗高僧。據說擅長繪畫雕刻，為佛畫惠心派始祖。

頂的門。

門打不開。三樓頑強地鎖著。

我敲打那扇門。敲打聲或許很激烈，卻傳不進我耳中。我拼命敲門。總覺得究竟頂內好像有人會替我開門。

那時我之所以夢想究竟頂，的確是因為那是自己選定的死亡地點，但濃煙已逼近，我就像要求救似地急切拼命敲打那扇門。門後應該是個僅有三間四尺七寸[65]見方的小房間。而我這時痛切夢想的，是那小房間現在雖明顯剝落，但本來應該貼滿金箔。我一邊敲門，難以解釋自己為何如此憧憬那個耀眼的小房間。總之我想只要能到達那裡就好。只要能到達那個金色的小房間就好……。

我用盡力氣敲門。光用手還不夠，乾脆拿身體撞門。但門就是不開。

潮音洞已經充滿濃煙。腳下響起火焰的爆裂聲。我被濃煙嗆到幾乎氣絕。一邊咳嗽，一邊還在繼續敲門。門就是打不開。

一瞬間，當我萌生「被拒絕」這個明確的意識時，我再不遲疑。我轉身衝下樓梯。在濃煙的漩渦中一口氣衝下法水院，我想我大概是穿過火海。終於抵達西邊的門衝到戶外。之後我自己也不知該去何處，只是像韋馱天[66]一樣奔跑。

……我奔跑。簡直無法想像我不眠不休跑了多久。也不記得經過了甚麼地方。我想我大概從拱北樓旁跑出北邊的後門，經過明王殿旁，跑上山白竹和杜鵑花叢生的山路，來到左大文字山的山頂。

我倒臥在赤松樹蔭下矮竹叢生的野地。為了平息劇烈的心跳不停喘氣時，我記得是在左大文字山的山頂。那是從正北方守護金閣的山。

我是因為鳥群受驚啼叫，才恢復清楚的意識。有隻鳥就在我面前張開雙翅滑翔。

仰臥的我，眼睛看著夜空。大批鳥啼叫著掠過赤松的樹梢，已有點點火星

65 三間四尺七寸，一間約一八〇公分，所以加起來等於六二一公分。

66 韋馱天，佛法守護神。傳說韋馱天追逐惡鬼奪回佛舍利，是健步如飛之神。

在頭頂的天空飄浮。

我起身，俯瞰遠處山谷間的金閣。異樣的聲音從那邊傳來。既像爆竹聲，亦像無數人的關節一起喀喀響。

從這裡看不見金閣的形狀。只能看見盤旋的濃煙和沖天的火焰。樹木之間飄揚大量火星，金閣的上空就像撒了滿天金沙。

我盤腿而坐眺望許久。

驀然回神，才發現自己渾身上下都有燒傷和擦傷在流血。手指也似乎因剛才敲門受了傷在滲血。我像逃走的野獸舔舐傷口。

我摸索口袋，取出小刀和手帕包裹的那瓶安眠藥。朝著谷底用力扔去。

手碰到另一個口袋的香菸。我抽了一根菸。就像完成一件工作喘口氣的人常有的想法，我想活下去。

——一九五八、八、一四——

金閣寺

作　　者　三島由紀夫
譯　　者　劉子倩
主　　編　郭峰吾

總 編 輯　李映慧
執 行 長　陳旭華（steve@bookrep.com.tw）

社　　長　郭重興
發 行 人　曾大福
出　　版　大牌出版／遠足文化事業股份有限公司
發　　行　遠足文化事業股份有限公司
地　　址　23141 新北市新店區民權路 108-2 號 9 樓
電　　話　+886- 2- 2218 1417
傳　　真　+886- 2- 8667 1851

封面設計　許晉維
排　　版　藍天圖物宣字社
印　　製　成陽印刷股份有限公司
法律顧問　華洋法律事務所 蘇文生律師

定　　價　380 元
初　　版　2021 年 4 月

國家圖書館出版品預行編目（CIP）資料

金閣寺 / 三島由紀夫 著 ; 劉子倩 譯 . -- 初版 . -- 新北市 : 大牌出版 , 遠足文化發行 , 2021.04 ; 320 面 ; 13.6×19.2 公分
譯自：金閣寺
ISBN 978-986-5511-62-3（精裝）

861.57　　110002359